인생을 건너는 한 문장

인생을 건너는 한 문장

1판 1쇄 인쇄 2024. 9. 24.
1판 1쇄 발행 2024. 10. 7.

지은이 정철

발행인 박강휘
편집 봉정하 디자인 조명이 마케팅 이서연 홍보 박은경
본문 일러스트 최도은 @doeun_choi
발행처 김영사
등록 1979년 5월 17일(제406-2003-036호)
주소 경기도 파주시 문발로 197(문발동) 우편번호 10881
전화 마케팅부 031)955-3100, 편집부 031)955-3200 | 팩스 031)955-3111

값은 뒤표지에 있습니다.
ISBN 979-11-94330-02-8 03810

홈페이지 www.gimmyoung.com 블로그 blog.naver.com/gybook
인스타그램 instagram.com/gimmyoung 이메일 bestbook@gimmyoung.com

좋은 독자가 좋은 책을 만듭니다.
김영사는 독자 여러분의 의견에 항상 귀 기울이고 있습니다.

당신에겐 한 문장이 있습니까?

인생을 건너는 한 문장

정철 지음

김영사

짧은 글은 짧지 않다

여는 글

한 문장.

두 문장.

세 문장.

문장을 하나씩 늘려가며 글을 쓴다. 아직 완성은 아니다. 연필을 내려놓는다. 지우개를 든다. 지우개로 글을 마저 쓴다.

세 문장.

두 문장.

한 문장.

내가 쓴 문장을 내 손으로 지운다. 지운다. 지운다. 더는 지울 것이 없다. 지우개똥 곁에 살아남은 문장 하나가 보인다.

이것이 책을 쓰며 내가 한 일의 전부다.

나는, 누가 훔쳐갈 것도 아닌데 꼭꼭 숨어서 이 일을 즐겼다.

우리의 오늘이

한 문장이 된다면?

차례

인생을
건너는
한 문장

발등에 불이 떨어지면
그 불로
커피를 끓여 마셔라

새로운 길과
외로운 길은
같은 말이다

왕이 되려는 자는 왕관의 무게를 견뎌야 하고,

별이 되려는 자는 고독의 무게를 견뎌야 한다.

사람들은
인사동을 뒤지지만
인사동은
고물상을 뒤진다

인사동에 붙은 가격표는 그 물건 원래 값에 인사동의 안목을 더한 값이다. 가격은 가치가 정하는 게 아니라 가치를 알아보는 눈이 정한다.

친구란
녹이 슬수록 잘 작동하는
타임머신 같은 것이다

아홉 살 때 친구를 만나면 아홉 살 시절로 날아가고.
열일곱 살 때 친구를 만나면 열일곱 살 시절로 날아가고.

벽에 못을 박으면
벽도 아프고 못도 아프다

아마 망치도 아플 것이다. 누군가를 아프게 하면 나도 똑같이 아프다. 누군가는 잠깐 아플지 모르지만 나는 두고두고 아프다.

풍선의 최후와
욕심의 최후와
거짓의 최후는 같다

커진다.

터진다.

지구 위 일부가
바둑에 무관심한 이유는
흑과 백이 바뀌는 꼴을
못 보기 때문이다

세상은 진보하는 척하며 편견과 낙인을 세습한다.

어려우니까 어른이다

고백한다.

한때 내 꿈은 좋은 어른이었다. 그런데 얼마 전 한 다큐멘터리에서 진짜 어른을 만났다. 그를 만난 직후 나는 좋은 어른을 포기했다. 나 따위가 욕심낼 수 있는 삶이 아니었다. 나는 내 꿈을 어른으로 조정했다.

물론 안다. 어른으로 사는 것도 쉽지 않다는 것을.

내 앞에서 달리는 사람은
나를 추월할 수 없다

더 많은 기회는 앞이 아니라 뒤에 있다.

무릎이 아니라
고개를 꿇는 것이 굴복이다

어쩔 수 없이 무릎을 꿇었더라도

눈이 무릎을 향하지 않으면 아직 굴복이 아니다.

월요일 아침보다
힘든 시간은
일요일 저녁이다

위협이 나를 덮칠 때보다 그것이 한 걸음 한 걸음 내게 다가오는 것을 지켜볼 때가 더 두려운 법이다.

내게 높이도 없고
깊이도 없다면
분명 넓이가 있을 것이다

산은 높이. 바다는 깊이. 나는 넓이.

때로는 산을 때로는 바다를 찾을 줄 아는 넉넉한 넓이.

남이 가진 것에 눈을 빼앗기면 내가 가진 것을 못 본다.

발등에 불이 떨어지면
그 불로 커피를 끓여 마셔라

호떡집에 불났을 때도 마찬가지다. 내가 나에게 생각할 시간을 줘라. 어떤 일을 해야 할지. 어떤 순으로 해야 할지.
조급은 모든 걸 망친다.

고래 등 같은 기와집은 있지만
고래 가슴 같은 기와집은 없다

왜 없을까. 고래 가슴이 훨씬 더 화려하고 웅장할 수도 있는데. 우리는 우리의 좁은 시야에 포착된 것만으로 세상을 읽는다. 일부를 경험하고 전부라 믿는다.

너와 나는 바다 밑바닥에서 고래를 올려다본 적이 없다.

돈의 과거는
땀이어야 하고
돈의 미래는
꿈이어야 한다

어떻게 벌 것인가. 어디에 쓸 것인가.

잠수함에게는
침몰이라는 말을
쓰지 않는다

다시 물위로 늠름하게 떠오를 거라 믿기 때문이다.

발을 헛디뎌 또는 누군가의 발에 걸려 잠시 침몰했더라도,

내 안에 솟아오르려는 의지가 있고 내 밖에 나를 지켜보는

믿음이 있다면 나의 침몰 또한 침몰이 아니다.

지금이 밥 처먹고 있을 때냐는
말을 들을 것 같을 때가
꾸역꾸역 밥을 밀어 넣을 때다

인생이 나를 배신할 때일수록 몸을 챙겨야 한다.

외롭더라도. 서럽더라도.

세상에 없는 것은

있을 필요가 없으니

없는 것이다

여기서 알 수 있는 귀한 진실 하나.

당신은 꼭 필요한 사람.

니은은
이응을
이길 수 없다

낚시꾼은 어부를 이길 수 없다. 나그네는 외로움을 이길 수 없다. 노력은 열정을 이길 수 없다. 논리는 악다구니를 이길 수 없다. 눈물은 웃음을 이길 수 없다. 내일은 오늘을 이길 수 없다. 노는 예스를 이길 수 없다. 너도 나도 우리를 이길 수 없다.

남자는 니은이다. 여자는 이응이다.

우리가 내일에 대해 아는 것은
스물네 시간 안에
내일이 온다는 사실뿐이다

그 내일은 모두에게 같은 양으로 올 뿐.
어떻게 생겼는지는 아무도 모른다.

하루에 커피 열 잔 마신다고 바리스타가 되는 건 아니다

한마디 더 보탠다면, 커피를 전혀 마시지 않는 자 또한 바리스타가 될 수 없다. 열정만으로 이룰 수 있는 것은 없고, 또 열정 없이 이룰 수 있는 것도 없다는 말이다.

이루고 싶은 무엇이 있다면 그 안에 열정 반 스푼, 섬세한 노력 반 스푼.

돌잡이에 놓아야 할 것은
엽전이나 명주실이 아니라 돌멩이다

아이야, 엄마아빠는 네가 분노해야 할 때 분노할 줄 아는 사람이 되었으면 좋겠어.

처음 넘어지면 무릎이 깨지지만
자꾸 넘어지면 낙법을 배운다

일어나는 법도 배운다.

세종은
신사임당 앞에서
허리를 숙이지 않는다

1만 원짜리 지폐가 5만 원짜리 지폐에게 주눅들 이유는 없다. 지갑의 두께와 상관없이 우리 모두는 왕이다. 내 인생을 내 마음대로 다스리는 왕이다. 왕은 허리를 숙이지 않는다.

저것에
눈을 주면
이것을 못 본다

저 꽃에 눈을 주면 이 꽃을 못 본다. 저 별에 눈을 주면 이 별을 못 본다. 저 시간에 눈을 주면 이 시간을 못 본다. 저 사람에게 눈을 주면 이 사람을 못 본다.

소중한 것은 가까이에 있다.

더하기는
사방으로 손을 뻗지만
십자가는
낮은 곳으로 길게 손을 내민다

일부 십자가는 그 의미를 모르는 척,

오늘도 더하기에 열심이지만.

대웅전에 앉은 부처는
다이어트를 하지 않는다

부처님, 앉아 있지만 말고 운동도 하셔야지요. 뱃살 좀 빼셔야지요. 누구도 이런 말은 하지 않는다. 욕심을 내려놓으면 마음이 가볍다. 마음이 가벼운 사람은 똥배가 살짝 나와도 아름답다.

남자가 눈물을 흘릴 때는 봄 여름 가을 그리고 겨울이다

남자답다는 말.

어찌 보면 참 모진 말이고 어찌 보면 참 웃기는 말이다.

주윤발을 모르는 사람에게
주윤발을 설명하려 들지 마라

묻지도 않았는데 나이 많음을 스스로 밝힐 필요는 없다.

설명은 질문이 도착했을 때 하는 거다.

글을 쓰는 건 쉽지만
글을 쉽게 쓰는 건 어렵다

이 글이 쉽다면 내가 어려운 일을 해 낸 것이고,

이 글이 어렵다면 내가 한 말이 맞는 거다.

돈밖에 모르는 사람은 돈을 모른다

나 또한 돈을 안다 할 수 없으니 술로 설명해야겠다.

술밖에 모르는 사람은 술을 모른다. 늘 취해 있는데 어찌 술을 알겠는가.

'늘'이라는 글자엔
수평선이 있고
'길'이라는 글자엔
수직선이 있다

수평선은 흔들리지 않음. 수직선은 주저앉지 않음. 수평선과 수직선이 교차하여 한 몸이 되면 더하기 기호를 그린다. 인생은 흔들리지 않음 더하기 주저앉지 않음.

누워서 울면
눈물의 이동 경로가 바뀐다

눈물은 눈에서 나와 코를 스치고 입술 끝에 잠시 머물다 턱을 타고 내려가 발등 위에 떨어진다. 익숙한 길이다. 그러나 누워서 울면 길이 바뀐다. 귀 혼자서 눈물을 받아 내야 한다. 귀의 일을 성실히 수행할 수 없다. 내가 나에게 건네는 위로의 말도 들을 수 없고, 전화를 타고 날아오는 너의 응원도 들을 수 없다. 위로도 응원도 없는 밤이 얼마나 깊은 나락인지 우리는 잘 안다. 그러니 잠들기 직전엔 울지 마라. 슬픔을 꿈에 데려가지 마라. 아픔을 내일로 데려가지 마라.
오늘 밤 눈물을 참기 어려울 것 같다면 지금 울어라.

눈은
콜라와 간장을
구별하지 못한다

입은 빨간 사탕과 파란 사탕을 구별하지 못한다. 코는 시와 소설을 구별하지 못한다. 귀는 거짓과 진실을 구별하지 못한다. 얼굴이라는 울퉁불퉁한 평면 위에 이들을 적당한 간격으로 배치해 둔 건, 부족함을 서로 채우며 살라는 신의 뜻이다. 신은 신을 만들지 않는다.

여행은
그곳에 가는 일이 아니라
이곳을 벗어나는 일이다

이곳을 벗어나야 이곳이 보인다.

지구를 벗어나야 지구가 보이듯이.

사기꾼은 늘
내가 손을 뻗으면
닿을 것 같은
이익을 들고 다닌다

그런데 실제로 손을 뻗으면 늘 1인치 못 미친다.

진 씨 부모가

아이 이름을 지을 땐

진선미라는 이름부터 떠올린다

흔히 떠올릴 수 있는 이름이라는 이유로 후보군에서 지우지 마라. 여러 사람이 찾는다는 건 그만큼 공감의 폭은 넓고 거부감은 덜하다는 것. 무조건 새로운 것만 찾으면 새롭지 않은 좋은 것을 놓친다. 내가 아는 진선미도 셋이나 된다.

긍정의 반대말은
부정이 아니라 걱정이다

보름달이 둥실 뜨면 달의 완성을 기뻐하는 사람이 있고 달의 몰락을 걱정하는 사람이 있다. 그리고 한 사람이 더 있다. 보름달이 떴다는 것도 모르는 사람. 달의 몰락을 걱정하는 사람도 걱정이지만, 하루 종일 고개를 숙이고 사는 사람이 더 걱정이다.

문명은 낭만적인 말부터 먹어 치운다

택시에서 내릴 때 가끔 했던 이 말이 스르르 사라졌다.

잔돈은 됐습니다.

시간이 흐르는 소리는
짜깍짜깍이 아니라
두근두근이다

짜깍짜깍은 시간이 흐르는 소리가 아니라 시간을 버리는 소리다. 두근두근이 시간을 시간으로 사용하는 소리다.
스무 살 이후 가슴 뛰는 삶을 산 적이 없다면 여든을 살아도 스물에 머물다 가는 것이다.

소년은 소녀를 좋아했고
소녀도 소년을 좋아했다

방금 나는 세상에서 가장 아름다운 문장을 썼다.

이 아름다운 문장을 흔드는 건

…그래서 둘이 어떻게 됐는데?

자연의
소리가 들리는
한 문장

북두칠성을 보며 자란
아이는
일곱 개의 꿈을 꾼다

꽃을 품고 싶은 화분은
흙을 품어야 한다

향기로운 것은 향기롭지 않은 것을 데리고 다닌다.

향기롭지 않은 것 앞에서 발길을 돌리면 향기로운 것에 도착할 수 없다.

하늘은 눈사람을 만들어 내리지 않는다

하얀 재료만 내려 보낸다. 그리고 지켜본다. 사람들이 그것으로 무엇을 만드는지. 사람을 만드는지 탱크를 만드는지.

이름 없는 잡초에게도 잡초라는 이름이 있다

내겐 정철이라는 이름 말고도 사람이라는 이름이 있다. 어쩌면 사람이 나의 제1이름, 정철은 제2이름인지도 모른다. 제1이름으로 살려면 제2이름의 욕망을 웬만큼 포기해야 한다. 출세나 명예나 명성 같은 것들이겠지. 반대의 삶 역시 내려놓아야 할 것이 적지 않을 것이다. 삶은 제1이름과 제2이름의 지루한 갈등이자 타협의 산물 아닐까.

잡초가 갈등도 집착도 울분도 없어 보이는 건 제1이름 하나만 가져서가 아닐까.

북두칠성을 보며 자란 아이는 일곱 개의 꿈을 꾼다

1인 1꿈. 이런 법은 없다. 가슴 크기만큼 넉넉히 꿈을 품어라. 꿈 하나가 별똥별이 되어 지더라도 다음 꿈이 어서 오라고 반짝일 테니.

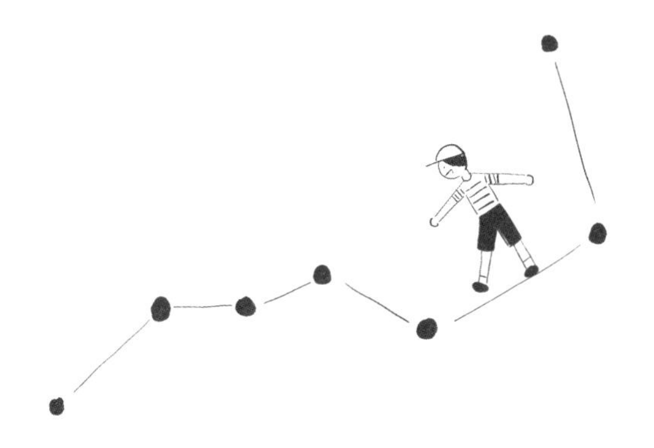

해바라기가 소나기 맞으며
기분 좋은 샤워를 할 때,
저 아래 채송화는
홍수를 견디고 있을지 모른다

꽃이 죽으면 꽃밭도 죽는다.

해바라기 그대도 그 꽃밭에 산다.

바다는 강물에게
어느 강 출신인지 묻지 않는다

딱 하나 묻는 건, 먼길 오느라 고생 많았지?

바람은
바람이 불면 가장 먼저
엎드리는 사람 쪽으로 달려든다

이 바람 피하면 끝일까. 한 번의 굴종으로 끝날까.

바람에 맞서는 사람은 바보일까.

뱃사공은
붓 대신 노를 들고
하루 종일 강물 위에 글을 쓴다

바람 좋은 날엔 시를 쓴다. 안개 흐르는 날엔 일기를 쓴다. 별이 쏟아지는 밤엔 받는 이 없는 긴 편지를 쓴다.
시간이 없어 못 썼어, 라는 말은 없다. 시간이 없어 못 했어, 라는 말도.

충청도 비는
느리게 내린다

입증할 수는 없지만 왠지 그럴 것 같다. 사람의 마을에 내려오면 그 마을의 예의를 따르는 게 자연이니까. 사람도 그럴까. 자연의 마을을 찾으면 그 마을의 예의를 따를까.

단풍은
겨울로 가지 않는다

단풍은 가을이 만들고 가을이 감상하고 가을이 치운다. 오로지 가을을 산다. 단풍의 시간이 가면 눈의 시간이 온다. 단풍은 눈의 시간을 궁금해하지 않는다. 떠나야 할 때 떠난다.

왜, 단풍이 아름답다고 하는지, 이제 알겠다.

서쪽을 향해
앉은 사람 눈에는
해가 지는 모습만 보인다

앉은 자리를 옮기기 어렵다면 시선을 옮겨라.

시선이 가는 쪽으로 인생도 간다.

뿌리까지 예쁜 꽃은 없다

예쁨을 10 지닌 것은 예쁘지 않음도 10 지니고 있다. 멀리서 보면 예쁨이 먼저 보이지만 가까이 다가갈수록 예쁘지 않음이 더 크게 보인다. 내가 나에게 늘 실망하는 이유는, 내가 나를 너무 가까이에서 보기 때문이다.

너도 꽃이고 나도 꽃이다.

흔들어야 바람이고
흔들려야 코스모스다

둘은 사랑에 빠질 수 있을까. 이미 사랑에 빠졌다. 사랑은 흔들고 싶은 마음이고 흔들리고 싶은 마음이다.

해와 달은 하늘을 놓고
경쟁하지 않는다

해와 달이 낮과 밤을 나눠 가질 수 있었던 건 서로의 가치를 인정했기 때문이다. 전부 아니면 전무라는 생각만큼 멍청한 생각도 없다.

걷잡을 수 없는 산불을 제압하는 건
헬리콥터가 퍼붓는 물이 아니라
하늘이 내리는 잔잔한 비다

인간이 자랑하는 과학도 대자연 앞에선 초라한 몸부림일 뿐.

갈 길 바쁜 나그네도
노을이 붙잡으면 걸음을 멈춘다

노을이 앗아간 시간을 아까워 마라.

써야 할 곳에 시간을 쓴 것이다. 인생 여정에는, 먹고 자는 시간이 책정되어 있는 것처럼 타는 노을 바라보는 시간도 넉넉히 책정되어 있다.

강물에 젖지 않으려면
다리를 놓아야 하고
다리를 놓으려면
강물에 젖어야 한다

세상 이치가 그렇다. 그냥 우연히 공짜로 얻어지는 건 없다.

바닥을 뒹구는 수박은
바닥으로 추락하지 않는다

나무에 매달린 수박을 보았는가. 가벼우면 올라가고 무거우면 내려간다. 가장 낮은 자세가 가장 단단한 자세다.

하늘은 눈을 내렸는데
땅은 비를 맞을 수도 있다

하늘도 어쩌지 못하는 일이 있다. 기대와 다른 초라한 결과를 받아든다 해도 울지 마라. 쫄지 마라. 하늘과 그대는 동급이다.

바람의 종점은
바람도 모른다

기차는 종점을 향해 달리지만 바람은 행선지 없이 달린다. 그때그때 마음 가는 쪽으로 달린다. 바람 같은 인생을 나무라야 할까. 오히려 목표만 보고 칙칙폭폭 달리는 인생에게, 그건 인생을 다 사는 게 아니야, 라고 말해 줘야 하지 않을까. 종점에 도착하면 그다음엔 뭘 할 건데, 라고 물어야 하지 않을까.

꽃집 주인은
꽃향기를 맡을 수 없다

장미와 백합과 튤립이 한꺼번에 코를 향하면 정체 모를 냄새가 되고 만다.

하나를 말하라. 한마디로 말하라. 한 번만 말하라.

비의 시간은 길고
무지개의 시간은 짧다

비를 견디면 무지개가 뜬다는 것을 기억하라.

그리고 하나 더 기억하라. 일곱 빛깔 화려한 시간은 그리 길지 않다는 것을.

고드름이 녹아내린
물을 받아먹고
봄의 새싹이 올라온다

봄에게 과한 박수를 보내지 마라. 봄은 알게 모르게 겨울의 도움을 받으며 땅위로 올라온다. 누군가를 쓰러뜨려야 내 시간이 오는 건 아니다.

안개는
점이고 선이고 면이고 입체다

사람은 입체 하나를 얻으려고 점, 선, 면을 포기했다. 그래서 안개처럼 자욱한 사람이 없다. 만지지 않아도 느낄 수 있는 그런 자욱한 사람이 없다.

밤하늘 별 하나가 사라지면
아무도 모르지만,
군부대 총 하나가 사라지면
온 세상이 다 안다

알아야 할 것은 무엇일까. 알려야 할 것은 무엇일까.
그 많은 펜과 그 많은 마이크의 존재 이유는 무엇일까.

파도의 미덕은
쉬지 않고 '움직인다는' 것이고
파도의 부덕은
'쉬지 않고' 움직인다는 것이다

쉬었다 가도 된다.

나도 바다 끝에 가 봤는데 거기 모래와 바위뿐이더라.

그늘이 좋은 놈인지
나쁜 놈인지는
가을에게 물어야 한다

여름에게 물으면 그늘은 고마운 놈. 겨울에게 물으면 그늘은 야속한 놈. 객관은 어렵다. 모든 존재가 좋음과 나쁨을 동시에 지니고 있으니 시선을 어디에 둘지 몰라 어렵다.

낙엽 쓸어 담는 거리에는
질문이 없다

어디에서 왔는지, 왜 이 거리에 누워 있는지, 어디로 가는지, 아무것도 묻지 않고 쓱쓱. 관심이 죽으면 질문도 죽는다. 낙엽은 어디론가 실려 가기 전 이 무채색 거리에서 이미 죽었다.

모든 씨앗이
열매를 꿈꾸는 건 아니다

열매가 되자마자 날름 훔쳐가는 인간이 미워 열매 되기를 거부하는 씨앗도 있을 것이다. 땅을 뚫고 나오는 게 귀찮다며 평생 겨울잠을 자는 씨앗도 있겠지.
내가 이러하니 너도 이러할 거라는 어설픈 확신이 오해의 씨앗. 갈등의 씨앗. 불행의 씨앗.

꽃의 반대말은 눈물이다

꽃이 꽃인 건 아주 짧은 순간. 나머지 세월을 눈물로 산다. 긴 눈물을 먹고 꽃은 다시 꽃이 된다. 꽃의 반대말은 눈물이지만 눈물의 반대말은 세월이다. 기다림이다.

집 바깥이 공원이면
집 안에 정원을 가꾸지 않는다

개인의 시간과 공간을 아껴 주는 일. 공공이 해야 할 일.

나무가 빽빽한 숲에서는
하늘을 올려다볼 수 없다

꿈에 다가갈 때도 틈을 데리고 가라.

밤하늘이 없으면
불꽃놀이도 없다

나는 밤하늘을 뛰어다니는 불꽃에 열광하느라, 불꽃을 불꽃으로 보이게 하는 밤하늘의 존재는 까맣게 잊는다. 보이는 아름다움에 취해 보이지 않는 아름다움을 놓친다. 세상엔 뒤에서 조용히 묵묵히 아름다운 사람이 훨씬 더 많은데.

예고 없는 번개보다
예고된 천둥에 더 놀란다

예고가 충격을 덜어 주지는 않는다. 30년 전부터 예고된 정년퇴직도 그렇지 않을까. 100년 전부터 예고된 죽음 또한 그렇겠지.

밀물과 썰물은
해안선을 다르게 긋는다

나에게 관심을 보이며 밀물처럼 밀려들던 사람들도 시간이 가면 썰물처럼 빠진다. 그렇다고 젖은 모래 위에 앉아 쓸쓸한 표정 지을 필요는 없다. 나를 침범한 이들이 빠져나가야 세상과 나의 경계선을 되찾는다.

원래 내가 가진 건 조개껍데기 몇 개뿐이었다.

나무 위에 나무 없고
나무 아래에 나무 없다

나무는 나무 곁에 있다. 숲을 만드는 건 곁이다.

산에서는
바다를 볼 수 없지만
산꼭대기에 오르면 바다가 보인다

인생 목표가 꼭대기일 필요는 없지만 한 번은 저 높은 곳에 올라 그곳 공기를 마셔 봐야 하지 않을까. 그게 어떤 산이든.

별이 바다에 떨어지면
불가사리가 된다

소라를 귀에 대면 파도 소리가 들리고, 불가사리를 귀에 대면 우주의 소리가 들린다. 누구나 가슴 한쪽에 자신의 화양연화를 간직하고 산다.

이른 새벽 새하얀 눈길에 찍는
첫발자국도 행운이고
두 번째 발자국도 행운이다

두 번째 발자국은 왜 행운일까. 깨끗한 그림을 내가 망친다는 부담 없이 발자국을 찍을 수 있으니 행운이다. 행운은 널려 있다. 내가 행운이라고 임명하면 모든 순간이 행운이다. 그럼에도 불구하고 얻어걸리는 행운은 없다.
두 사람 모두 남들 잠자는 시간에 일어나 하루를 시작했다.

수평선은 배를 만들고
지평선은 말을 키운다

배도 사람이 만들고 말도 사람이 키우는 것으로 알았는데 그게 아니었어. 꿈이 만들고 꿈이 키우는 거였어.

파도가 늙으면
물결이 되고
물결이 더 늙으면
고요가 된다

더 작아지고 더 낮아지고 더 느려져야지. 더 고요해져야지.

나도 충분히 늙었으니까.

연기는 사라지기 직전
사람들 눈에 가장 잘 띄는
하늘로 오른다

하늘로 오르며 온몸으로 말한다. 제발 나 좀 붙잡아 주세요. 그러나 너도 나도 하늘만 멀뚱 바라볼 뿐 연기를 붙잡지 않는다. 잠시 후 연기는 연기처럼 사라진다. 사람도 다르지 않다. 사라지기 직전 나 좀 붙잡아 달라고 눈으로 표정으로 한숨으로 말한다. 그때 그 말을 알아듣지 못하면 그 사람을 영영 잃는다.

하늘은 눈을 내려
평등과 평화를 설명한다

우리 집도 하얗게 너희 집도 하얗게. 모두에게 같은 세상을 주는 것이 평등.

우리 집도 고요하게 너희 집도 고요하게. 남에게 나를 강요하지 않는 것이 평화.

소나기에 섞여 내리는 가랑비는
비 대접을 못 받는다

큰 이슈는 작은 이슈를 삼킨다. 교황이나 대통령이 서거한 날에는 웬만하면 죽지 않는 게 좋다.

사람과
사람 사이를
흐르는
한 문장

가출 가방에도
엄마 잔소리 몇 개는
담아야 한다

수레는 앞에서 끌고 휠체어는 뒤에서 민다

수레엔 짐이 누워 있고 휠체어엔 사람이 앉아 있다. 짐은 그럴 필요가 없지만 사람은, 특히 몸이 성치 않은 사람은 온 마음으로 살펴야 한다. 그래서 뒤에서 민다. 사람을 눈에 넣고 민다. 휠체어를 조심스럽게 미는 사람은 말없이 말한다.
당신은 나의 짐이 아닙니다.

엄지 척을 하려면

손가락 네 개를 구부려야 한다

나를 구부려 그 사람을 돋보이게 하는 것이 칭찬이다.

나를 구부리지 않는 칭찬은, 칭찬과 자랑 사이를 오가다 길을 잃고 만다.

가슴이 따뜻한 사람이 아니라 등이 따뜻한 사람이 되라

가슴은 내 앞에 선 사람을 껴안지만 등은 내 뒤에 선 사람을 껴안는다. 나보다 뒤처진 사람을 등에 업으면 내 등은 저절로 따뜻해진다.

존경이 간격이라면
사랑은 밀착이다

누가 나에게 존경을 건네면, 고맙다고 깍듯이 인사한 후
사랑으로 바꿔 달라고 하라.

친구가 없다는 건
내 안에 친구가 들어올 자리가
넉넉하다는 뜻이다

친구는 있다. 누군가에게 내 안의 빈자리를 보여 줄 용기만 있다면.

의심이 자라면 확신이 된다

처음엔 나도 내 의심을 의심한다. 그러나 그것이 내 안에 오래 머물면 의심을 의심하는 마음이 점점 흐려진다. 슬금슬금 확신으로 바뀐다. 의심이 확신으로 바뀌는 순간을 경계하라는 말이 아니다. 의심의 태동을 경계하라.

그네에 두 사람이 나란히 앉았는데
삐걱삐걱 소리만 들린다면
두 사람은 말하지 않아도 들리는
깊은 대화를 하고 있는 거다

말은, 눈으로 표정으로 침묵으로 대화할 수 없을 때 꺼내는 마지막 수단.

내 말 고깝게 듣지 말고, 로
시작하는 말은
늘 고깝다

짧게 말하면, 으로 시작하는 말은 늘 길다. 쉽게 말해서, 로 시작하는 말은 늘 어렵다. 변명처럼 들릴지 모르지만, 으로 시작하는 말은 늘 변명의 나열이다. 너한테만 하는 말인데, 로 시작하는 말은 이미 아흔아홉이 들은 말이다.

인류의 3대 발명품은

결혼, 이혼

그리고 변기 안쪽 뚜껑

사랑. 평화. 공생.

엄마는 엄마의 역사 절반을
나를 만드는 데 쓰고
나머지 절반은 내 주위를
서성거리는 데 쓴다

나는 알까. 알려고 해 봤을까. 나의 역사보다 긴 엄마의 역사를. 돌아보면 기록할 게 몇 줄 안 되는 엄마의 역사를. 내가 다 먹어 치운 엄마의 역사를. 안다고 할 수 없을 것 같다.
역사 시험에 나오면 다 틀릴 것 같다.

가출 가방에도
엄마 잔소리 몇 개는 담아야 한다

그것이 미치도록 그리울 때가 온다.

고민을 털어놓는 시간이
길어진다면
그건 답을 듣고 싶은 게 아니라
말을 하고 싶은 거다

고민을 듣는 나는 애써 답을 내놓지 않아도 된다.

답은 그 사람 스스로 실토한다.

악수를 하고 싶다면
박수를 쳐라

칭찬은 포유류를 춤추게 한다.

제3차 세계대전은
인간과 인간의 전쟁이
아닐지 모른다

인공지능이 인간을 침범하는 걸 어느 선까지 용인해야 할까. 지금 우리는 기술이 필요한 시대가 아니라 질문이 필요한 시대를 지나고 있다.

입의 첫 번째 기능은
닫는 것이다

왜냐고 물어도 대답하지 않겠다. 나는 지금 입의 첫 번째 기능을 시험하고 있다.

소주는 소우주의 준말이다

소주를 여유를 갖고 천천히 불러 보라. 소주. 소주. 소주. 소우주. 소우주….

그래, 우리가 소주라 부르는 것은 소주가 아니라 소우주다. 소주 한 잔에는 작은 우주가 담겨 있다. 소우주라 불리는 사람이 담겨 있다. 우리는 소주를 마시는 척하며 내 앞에 앉은 사람을 마신다. 16.5도짜리 알코올을 마시는 척하며 36.5도짜리 사람을 마신다. 오늘 밤에도 별이 소우주에 떨어진다.

인(人)에 일(一)을 붙이면 대(大)가 된다

사람과 사람이 하나 되면 커진다. 힘도 커지고 꿈도 커진다. 세상 사는 재미도 커진다.

고독 빼고 독립만 주세요
이런 말은 없다

홀로서기에는 홀로 앉기, 홀로 눕기, 홀로 먹기 같은 것들이
주렁주렁 달려 있다.

신은 심심해 죽을 것 같아
인간을 만들었는데,
인간은 자기들끼리
가족도 만들고
도시도 만들고
국가도 만들며
신을 따돌리고 있다

심심해 죽을 것 같았던 신은 머지않아 외로워 죽을 것이다. 심심해 죽는 게 훨씬 나았겠지. 따돌림의 역사, 생각보다 길고 깊다. 여전히 진행 중이다.

세상에서 가장 슬픈 대답은
지워지지 않는 1이다

문자를 씹더라도 읽고 씹어라. 생사라도 확인하게.

어깨에서 사고
무릎에서 팔아라

주식은 무릎에서 사서 어깨에서 팔라고 한다. 인간관계는 주식과 정반대로 이해하면 된다. 내 눈높이에 못 미치더라도 어깨 정도라면 기꺼이 사라. 무릎 아래라면 미련 없이 팔아라. 살 사람은 많고 팔 사람은 몇 안 될 것이다.
거의 모든 사람이 어깨와 무릎 사이에 있다.

밤마다
옛날이야기를 들려주시던
할머니 목소리가
들리지 않아
슬며시 눈을 떠 보면
어느새 할머니가
옛날이야기가 되어 있다

시간은 기다려 주지 않는다. 그래서 우리는 고맙다는 말의 절반을 허공에 대고 한다.

부모는 분모다

부모와 자식 관계는 가분수. 작은 몸으로 큰 몸을 이고 사는

가분수. 무거워도 무겁다 말하지 않는 가분수.

오늘도 분자는 분모 위에서 내려올 줄 모르고.

몰라서 묻는 것이 인생이고
알면서 묻는 것이 사랑이다

나를 사랑하니? 얼마만큼 사랑하니? 사랑이 식지는 않았니? 몰라서 묻는 질문엔 누구나 다 아는 대답을 해서는 안 되지만, 알면서 묻는 질문엔 누구나 다 아는 그 대답을 해야 한다.

어려운 문제를 틀리는 건
출제자에 대한 예의다

요건 몰랐지? 하며 문제를 냈는데 모두가 척척 답을 쓴다면 선생님이 얼마나 무안하겠는가. 학교는 배려를 배우는 곳이다.

영어보다 먼저. 수학보다 먼저.

외나무다리에서 원수를 만나면
그를 먼저 지나가게 하라

원수를 사랑하라, 이런 말이냐고? 복수를 하라는 말이다.

아량과 용서와 자비로 원수의 자존심을 강바닥에 처박으라는 말이다.

쪽팔려 죽게 만드는 것도 꽤 잔인한 살해 방법이다.

빈틈은
외로움을 내보내는 틈이다

빈틈없는 사람은 날카롭다. 까다롭다. 그리고 외롭다.

최악의 위로는
위로를 가장한 충고다

괜찮아. 다음엔 그곳에서 그것을 그렇게 하지 않으면 돼.

그림자도
색동옷을 입고 싶어 한다

그 친구는 이런 거 싫어해. 무난한 걸 좋아해. 이런 말, 그 친구 깊은 곳에 들어갔다 나와서 하는 말일까.

나랑 가까운 사람은 있어도 내가 아는 사람은 없다.

세상에는 누군가를
죽일 수도 있는
두 가지 거짓말이 있는데
그것은 '잠깐만'과
'조만간'이다

잠깐만 기다려 주세요. 기다리다 지쳐 죽는다.

조만간 밥 한번 먹자. 굶어 죽는다.

오지랖은
사명감이라는
진지한 옷을 입고 있다

파도는 왜 먼 바다에서 긴 시간을 달려와 모래성을 부술까. 모래로 쌓은 성은 무너진다는 것을 아이들에게 가르치려고. 그래, 사명감은 높이 살 만하다. 그러나 오지랖이다. 모래성은 가까운 바람이 부숴도 된다. 가만두면 저절로 무너진다.

복도에서
두 팔 들고 벌을 설 때
내가 좋아하는 아이가 지나가면
만세를 부르는 척하라

쪽팔림. 그거 쉽게 허용하지 마라. 습관 된다.

미인은 늘 길 건너에 있고

신호등은 어김없이 빨간불이다

어떡하지? 어떡하긴, 무단횡단해야지.

사랑하는 사람이 없으면
어쩔 수 없이 외롭고
사랑하는 사람이 생기면
본격적으로 외롭다

사랑은 만병통치약이 아니고 외로움 치료제는 아직 개발되지 않았다.

오래된 것이 새 것에게
자리를 내주는 건
당연한 일이지만
약속만은 오래된 것을
사용해야 한다

더 좋은 약속에 나를 내보내면 그다음 약속은 나를 피한다.

서울은
육지에 있는 무인도다

사람이 많으면 사람이 없다. 만날 사람이 많으면 만날 사람이 없다. 터놓고 이야기할 사람이 많으면 터놓고 이야기할 사람이 없다. 나란히 앉아 별을 볼 사람이 많으면 나란히 앉아 별을 볼 사람이 없다.

가끔은 내 곁에 나도 없다.

강철에 구멍을 뚫는 송곳도
자신의 몸엔 구멍을 뚫지 못한다

남은 쉽다. 나는 어렵다.

그 사람을 알고 싶으면
그 사람이 지나간 자리를 보라

뒷모습은 거짓말을 못한다.

오른손으로는
오른손 손등을 긁을 수 없다

왼손이 없었다면 우리는 손등 가려울 때마다 119를 불렀을 것이다. 제아무리 잘난 손도 세상 혼자 살 수 없다.

내가 맨손으로

강도를 때려눕히면

다음 날

경찰 한두 명이

옷을 벗을 수도 있다

선한 행동이 꼭 선한 영향력을 낳는 건 아니다.

동물의
표정에서 발견한
한 문장

가장 긴 자서전은
하루살이가 쓴다

캥거루 배주머니엔
지퍼가 없다

새끼가 땅바닥에 떨어질 위험이 있지 않을까. 아니, 새끼가 땅바닥이라는 신비한 공간을 경험할 기회가 있다.
좋은 어미는 새끼의 몸과 마음에 지퍼를 채우지 않는다.

새는 비행기를 발명하지 않는다

없음은 힘이 세다. 세상 모든 있음은 없음이 만든다.

달리지 않는 말은
죽은 말이고
달리기만 하는 말도
죽은 말이다

말(馬)도 그렇고 말(言)도 그렇다.

모기는 사람을 공격하고
파리는 사람이 먹는 것을 공격한다

파리가 더 나쁘다. 적의 보급망을 끊는 공격이 가장 치졸한 공격이다. 화가 머리끝까지 치밀더라도 남의 밥상만은 걷어차지 마라.

가장 긴 자서전은
하루살이가 쓴다

시간이 넉넉하지 않으니 하루를 밀도 있게 산다. 오전에 경험한 것을 오후를 살아가는 지혜로 삼으며 산다. 남들이 어떻게 사는지 살필 시간이 없으니 나를 산다. 내일이라는 말을 모르니 오늘을 산다.
아름답지 않은가. 더 듣고 싶지 않은가.

집 나간 며느리가 돌아오면
전어가 집을 나간다

한동안 전어에 쏠렸던 식구들 시선이 일순 며느리 쪽으로 넘어간다. 이제 그 집에서 전어가 할 수 있는 일은 없다. 몸이 아니라 마음이 나가는 것이 가출이다.

관심이 멈추면 한집에 살아도 한식구가 아니다.

아무리 발 빠른 생쥐도
하마 목엔 방울을 달지 못한다

고양이 목에 방울을 달았으니 이번엔 하마 목에 도전하라고 부추기지 마라. 불가능은 있다. 어려운 건 어려운 것이고 안 되는 건 안 되는 것이다. 하마에겐 목이 없다.

마당을 걷는 닭에게서
고수의 향기를 느꼈다

저 친구는 쉽게 날개를 펴지 않아. 병아리 때부터 그랬어. 한 번은 크게 날겠지. 언제일까. 우리가 감히 상상할 수도 없는 어마어마한 비행일 거야.

고수는 다 보여 주지 않는다.

공룡과 인간이
한 시대를 살았다면
아기 공룡 둘리는
태어나지 않았을 것이다

멀리 있는 공포는 공포가 아니다. 망원경 들고 그것을 당겨 보지 않는다면.

물 밖으로 나온 물고기는 처마 끝에 매달린다

물고기는 평생 소리를 낸 적이 없다. 소리를 들은 기억도 없다. 소리가 궁금했다. 그래서 물에서 나오자마자 바람이 소리를 만드는 처마 끝에 매달린다. 소리를 널리 퍼뜨릴 수 있는 탁 트인 곳에 매달린다. 물고기는 풍경이 되고 싶었던 게 아니라 소리가 되고 싶었다.

호랑이가 고양잇과에
속한다는 사실을 알더라도
호랑이는 호랑잇과에
속한다고 믿어라

호랑이에게 잡혀가도 정신만 차리면 산다는 말. 호랑이 측에서 흘린 말이다. 그동안 호랑이는 이 말을 퍼뜨려 약한 동물을 흔들었다. 질질 끌려가며 정신 바짝 차리려고 애쓴 동물은 죄다 호랑이 밥이 되었다. 이젠 세월이 흘렀고 이 말이 헛소리라는 걸 온 정글이 안다.

새로운 전략이 필요했다. 호랑이는 오래 숨겨 온 비밀을 실토하기로 했다. 자신이 고양잇과에 속한다는 소문을 스스로 퍼뜨렸다. 전략은 통했다.

공포는 사라졌고 방심은 커졌다. 요즘 호랑이는 먹이를 걱정하는 게 아니라 뱃살을 걱정한다고 한다. 정글에서도 정글 밖에서도 상대를 얕잡아보는 순간 먹힌다.

토끼는
거북에게 진 게 아니라
이솝에게 졌다

경주는 각본대로 진행되었고 각본은 이솝이 썼다. 지는 건 슬픈 일이 아니지만 왜 졌는지를 모르는 건 슬픈 일이다. 왜 졌는지를 모르면 또 진다.

코끼리를
실물로 보는 순간부터
코끼리에 대한 상상력은 쪼그라든다

학교는 정답을 원하지만 학교 밖 세상은 새로운 답을 원한다. 상상력이 춤을 추는 세상으로 가려면 모든 정답을 학교 안에 가두고 졸업하지 못하게 해야 한다.

지렁이에겐 엉덩이가 없다

지렁이는 온몸으로 걷는다. 몇 걸음만 걸어도 앉아 쉬고 싶다. 그래서 엉덩이를 없애 버렸다. 내겐 엉덩이가 있다. 지렁이와 나의 차이는 딱 엉덩이다. 그 차이 덕에 나는 작가가 되었다.

전진 콤플렉스에 갇히지 마라. 엉덩이를 사용하는 시간, 멍하니 앉아 사유하는 시간은 버리는 시간이 아니다. 나는 지렁이 출신 작가가 있다는 말을 듣지 못했다.

생선을 뒤집으면
선생이 된다

갈치나 넙치 같은 생선에게도 배울 것이 있다는 뜻이다. 세상 모든 것을 뒤집어 다시 보라. 뒤집는 순간 보이지 않던 귀한 것이 보인다.
내가 글을 써야 하는지, 글을 써도 되는지 고민이 깊은 사람은 '연필'을 뒤집어 보라.

사막을 걷는 낙타의 표정과
사막을 건넌 낙타의 표정은 같다

낙타에게 인생이 뭐냐고 물으면 눈만 껌벅거릴 뿐 대답은 없다. 인생이 고생이라는 걸 다 알지 않느냐는 표정이다. 남보다 열 시간 더 일했다고, 백 걸음 더 걸었다고 힘들어 죽겠다는 표정 짓지 마라. 나만 힘들게 사는 건 아니다.

고추잠자리는
독수리 날개를
부러워하지 않는다

하늘을 나는 방법은 두 가지. 독수리처럼 날개를 키우거나 장대 끝 고추잠자리처럼 몸과 마음을 가볍게 하거나.
내가 날아오르는 방법도 두 가지. 실력을 키우거나 욕심을 버리거나.

철이 들었다 해서
철새다

철새는 따뜻한 곳만 찾는 새가 아니라 자연의 섭리에 순응하는 새다. 자연의 명령에 복종하는 새다. 공장을 돌려 패딩을 만들어 입지도 않고, 히터를 만들어 주위 공기를 왜곡하지도 않는다. 손난로라는 얄팍한 물건이 있는지도 모른다. 자연이 주면 받고 주지 않으면 요구하지 않는다. 자연이 떠나라면 떠나고 돌아오라면 돌아온다.

철이 들었다 해서 철새. 이름이 철인 나는 언제 철이 들까.

경마와 가까워지면
승마와 멀어진다

우아하게 살거나 우울하게 살거나.

앵무새를 비난하는 사람
열에 아홉은 앵무새다

맨날 사람 말만 따라한다는 비난. 내 목소리가 없다는 비난. 그런데 모두 똑같은 비난. 내 목소리가 없는 비난. 앵무새랑 다른 게 뭐지?

하얀 토끼가
하얀 눈밭을 뛰어다니는
모습을 그린다 해도
도화지 전체를 하얗게
칠할 수는 없다

까만 점 몇 개를 찍어 발자국을 그려 넣어야 한다. 토끼만 토끼가 아니라 토끼 발자국도 토끼다. 나만 내가 아니라 내 발자국도 나다.

타조는
날지 못하는 새가 아니라
날지 않는 새다

타조의 먹이는 땅위에 있고, 그는 20킬로미터 밖 먹이를 볼 수 있는 엄청난 시력을 가졌고, 먹이보다 빨리 달릴 수 있다. 왜 날아야 하지?

우리 인간은 날개도 없으면서 다른 인간보다 높이 날아오르려 한다. 질문은 해 봤을까. 왜 날아야 하지?

기러기는
거꾸로 읽어도
기러기다

기러기는 좌우 대칭을 이루며 먼 길을 간다. 공기 저항을 줄이려는 섬세한 과학이다. 함께 길 떠나는 동무들에게 V자 행렬을 한시도 잊지 말라고 이름도 좌우 대칭으로 지었다.

황금 알을 낳는 거위에겐
아들딸이 없다

행복할까?

꽃게는
눈이 달린 쪽이 아니라
눈이 행복한 쪽으로 걷는다

앞만 보고 걸으면 눈에 보이는 풍경이 바뀌지 않는다. 옆으로 걸어야 한 걸음 한 걸음 다른 풍경을 감상할 수 있다. 꽃게에겐 걷는 시간이 가장 행복한 시간인지도 모른다.
뭣이 중한지 모르는 나는, 꽃게를 만나면 쯧쯧 혀를 차며 걸음마부터 다시 가르치려 든다.

하늘과 바다를 동시에 꿈꾸는 건 갈매기뿐이다

두더지는 바다를 꿈꾸지 않는다. 말미잘은 하늘을 꿈꾸지 않는다. 꿈은 마음 깊은 곳에서 자라지만 눈이 보는 것, 귀가 듣는 것의 영향을 받는다.

개판 5분 전이면
최소 다섯 번은 판을 바꿀 수 있다

무엇을 바꾸기에 너무 늦은 시간은 없다. 너무 짧은 시간도 없다. 바꾸겠다는 결심을 하는 데 시간이 걸리는 것이지 실제로 바꾸는 시간은 얼마 안 된다. 지금이 개판 5분 전이라면 개판 5초 전이 아님을 감사하라.

갈치와 문장은
토막 내야 먹기 좋다

문장이 길면 먹기 불편하다. 어찌어찌 먹는다 해도 체하기 쉽다. 맛도 없다. 내가 쓴 문장이 갈치를 닮았다 싶으면 과감하게 도마 위에 올리고 칼을 들어라.

산 낙지와 죽은 낙지 사이에
기절 낙지가 있다

기절 낙지라니. 이보다 호기심을 강하게 자극하는 이름이 또 있을까. 전라도 무안에는 작명 천재가 사는 게 분명하다. 내가 산 것도 아니고 죽은 것도 아닌 것처럼 느껴질 땐 잠시 기절했다고 생각하면 어떨까. 시간을 주면 다시 꿈틀거리지 않을까.

조개는
거짓말을 할 수 없는 동물이다

진주를 품은 조개가 잡혀 가지 않으려고 거짓말을 한다. 내 안에는 진주가 없어요. 그러나 입을 벌리는 순간 진주를 들키고 만다. 쉽게 입을 여는 자는 귀한 것을 품을 자격이 없다.

새우의 굽은 등과
긴 수염은
늙음을 증명하지 않는다

생각이 늙어야 늙은 거다. 질문이 늙어야 늙은 거다. 태도가 늙어야 늙은 거다. 바다 바깥세상을 구경하고 싶은 마음이 쪼그라들어야 늙은 거다.

발톱 부러진 독수리는
이빨 빠진 호랑이랑
논다

라떼를 나눠 마시며.

어항엔 파도가 없고
새장엔 바람이 없다

파도를 경험하지 않은 헤엄이 헤엄일 수 있을까.

바람을 경험하지 않은 날개가 새장 문이 열리면 하늘 높이 날 수 있을까.

거미줄에 걸려 죽은
거미는 없다

똥개도 자기 동네에서는 절반은 먹고 들어간다. 이기고 싶다면 내가 만든 무대에서. 내가 자신 있는 종목으로.

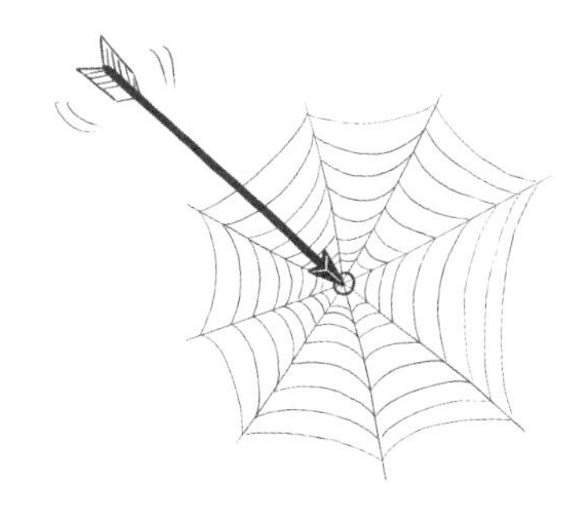

여우를 쓰려다
여유라고 썼을 때
그것을 그대로 두는 것이 여유다

오타가 났는데 오히려 앞뒤가 딱딱 맞는다.

여유야 여유야 뭐 하니? 잠잔다.

원숭이가
기린 키를 가졌다면
두 팔을 갖지 못했을 것이다

키 작은 원숭이도 저 높은 곳 열매를 따먹고 싶었다. 다리 두 개를 위로 뻗었다. 팔이 되었다. 열매에 닿았다. 키가 한계라면 팔은 한계를 뚫고 오르려는 간절함이다.

배고픈 참새에겐
허수아비 깡통 소리가
들리지 않는다

사흘 굶은 자 앞에서 법과 도덕을 논하는 게 옳은 일일까.

다른 건 다 몰라도 배고픔이 저지른 죄는 용서하면 안 될까.

지렁이용 신발도 없고
지네용 신발도 없다

지렁이는 발이 없으니까. 지네는 발이 너무 많으니까.

너무 많은 건 없는 거나 다름없으니까.

박쥐는 하늘을
발아래 두고 산다

감히 하늘 위에 서려 한다고 박쥐를 미워하는 자들이 있다. 그들은 하늘을 떠받들고 산다. 그것이 질서라 믿는다. 그러면서도 하늘을 발아래 두는 게 어떤 기분인지 궁금해한다. 남들이 보지 않을 때 요가를 핑계로 박쥐의 뒤집기를 시도한다. 질서란 나를 지배하려는 자들이 만든 신화 같은 것이다. 뒤집으면 뒤집힌다. 뒤집어야 뒤집힌다.

개는 두려울 때 짖고
사람은 두려움이 사라지면 짖는다

그런데 말이지, 두려움 앞에선 고분고분하던 자가 가장 크게 짖는단 말이지. 그것참.

질문
한 문장

왜 장갑이나 양말은
입는다고
하지 않을까?

아는 것이 힘일까 여전히?

아니, 묻는 것이 힘이다. 남들이 묻지 않는 것을 묻는 것이 힘이다. 지식은 이미 모두의 손 안에 있다. 호주머니에서 스마트폰을 꺼내는 순간 모르는 것과 아는 것의 차이가 사라진다. 초등학생과 대학원생의 차이가 사라진다. 아는 것이 힘이라는 힘없는 말은 이제 고이 접어 박물관으로.

감옥에서 나오면
왜 두부를 먹을까?

두부처럼 하얗게 살라는 걸까. 네모반듯하게 살라는 걸까. 욱하는 성질 버리고 물러 터지게 살라는 걸까. 자극이 적은 음식을 미리 집어넣어 곧 있을 온갖 자극적인 것들의 공격으로부터 위장을 보호하려는 걸까. 혹시 어두운 과거를 지우는 기억력 감퇴 성분 같은 것이 두부 속에 들어 있는 건 아닐까. 이도 저도 아니면 두부 만드는 회사의 마케팅이 성공을 거두고 있는 걸까. 어떤 게 맞는 답인지 나는 모른다. 사실 어떤 게 답이어도 상관없다. 중요한 건 내가 두부에게 질문을 했다는 것이다.

검색창에 '자살'을 치면
어떤 말이 맨 먼저 보일까?

당신은 소중한 사람입니다.

흔한 말이지만 자살을 심각하게 고민하는 사람이라면 이 말에 울컥하지 않을까. 사람 마음을 한 번에 돌려놓는 화려한 위로의 말 같은 건 없는지도 모른다. 위로하는 사람이 멋있어 보이는 위로는 위로가 아니겠지.

약은 왜 식후 30분에
먹으라고 할까?

밥 먹고 30분쯤 지나면 약 먹는 걸 깜빡할 수 있다. 웬만하면 약의 도움 없이 질병과 싸우라는 약사의 속 깊은 처방이다.

왜 물고기 띠는 없을까?

붕어 띠도 없고 잉어 띠도 없다. 상어 띠도 없다. 존재 증명이 되지 않은 용마저 띠 하나를 꿰찼는데 왜 물고기는 띠를 받지 못했을까.

물을 차고 뛰어오르며 나도 띠 하나 달라고 요구하지 않았으니까. 생각은 있었지만 그것을 입 바깥으로 내보내지 않았으니까. 뻐끔뻐끔 물 마시는 용도로만 입을 사용했으니까.

울어야 젖도 얻어먹는다. 머릿속에 숨은 생각을 찾아 듣는 귀는 없다.

사랑인지 아닌지는 어떻게 알까?

사랑 감별사라는 게 있다면 그는 이렇게 말할 것이다. 팔과 다리의 움직임을 잘 살피면 사랑인지 아닌지 알 수 있다고. 가까이 다가가 뜨겁게 껴안는 것이 사랑이라고. '가까이'가 없으면 사랑이 아니라 관심이고 '뜨겁게'가 없으면 사랑이 아니라 친절이라고.

사람의 몸을 접어
의자를 만든다면
나는 어떤 의자일까?

거실에 놓인 푹신한 소파일까. 교실에 놓인 딱딱한 걸상일까. 딱딱함보다는 푹신함이 낫지 않을까. 뱃살 허벅짓살 걱정할 것 없다. 마음이 넉넉하면 몸도 넉넉한 법이다.

외로운 것보다
더 외로운 것은?

섬은 자신이 섬인 줄 몰랐다. 자신의 몸에서 꽃이 피고 새가 울고 내가 흐르니 육지라 믿었다. 파도라는 심심치 않은 동무가 있음을 축복으로 알았다. 그러던 어느 날 똑딱선으로부터 육지 소식을 듣는다. 자신이 홀로 뚝 떨어진 점 하나라는 사실을 알게 된다. 몰랐으면 좋았을 것을 알게 된다. 그날 이후 섬은 섬이 해야 할 일을 하지 않는다. 외로운 척하는 데 하루를 다 쓴다.

꽃은 시들고 새는 울음을 멈추고 내는 흐르지 않고…. 외로운 것보다 더 외로운 것은 외로움에게 지는 것이다.

포크로
국물을 떠먹을 수 있을까?

있다. 포크와 스푼을 교환한다. 내겐 소용없는 물건이 누군가에겐 크게 소용이 되는 물건일 수 있다. 가진 것 모두를 손에 꽉 쥐고 놓지 않으면 내 손만 무겁다.

나의 껍질은 무엇이고
본질은 무엇일까?

나는 어느 학교를 나온 사람이 아니라, 어느 동네에 사는 사람이 아니라, 어느 회사에 다니는 사람이 아니라, 길가에 핀 민들레의 안부가 궁금한 사람이다. 궁금해서 미칠 것 같을 땐 추리닝 바람으로 민들레에게 달려가는 사람이다. 달려가는 내 등 뒤로 부서진 내 껍질 조각들이 나뒹군다.

내일 목돈 1억 원을
손에 쥐는
가장 확실한 방법은?

오늘 구천구백구십구만 원을 번다. 오늘의 성취는 고스란히 내일로 이동하여 내일을 시작하는 밑천이 된다.

왜 장갑이나 양말은 입는다고 하지 않을까?

손이 입는 옷도 옷인데. 발이 입는 옷도 옷인데. 왜 차별하는지 곰곰이 생각하다가 재미있는 사실을 발견했다. 옷을 벗는다. 장갑을 벗는다. 양말을 벗는다. 입거나 끼거나 신은 그것을 몸에서 뗄 때는 같은 동사를 쓴다는 사실. 그러니까 애초에 차별할 의도도 이유도 없었다는 거다. 같은 동사를 써도 문제없다는 거다. 모든 차별에 반대한다면 옷이 독점 사용하는 동사를 장갑과 양말에게도 허락해야 한다. 장갑을 입는다. 양말을 입는다. 모자도 있다고? 그래, 모자를 입는다.

자전거로 갈 수 있는
가장 먼 곳은 어디일까?

어디인지는 모르지만 그곳은 누구도 가 보지 못한 곳일 것이다. 그곳에 가는 첫 사람은 돌아올 힘까지 남김없이 페달에 쏟는 사람일 것이다.

자전거를 버리고 돌아올 각오를 했거나, 자전거 혼자만 돌아와도 좋다는 마음을 먹은 사람일 것이다.

외롭지 않으려면
친구를 몇 명쯤 둬야 할까?

대답할 것 없다. 멍청한 질문이다. 내가 술잔이라면 친구는 나라는 술잔에 따르는 술이다. 넘치면 비워질 것이고 허전하면 채워지겠지. 지금이 비울 때인지 채울 때인지, 그것만 잘 살피면 외로워 죽는 일은 없다.

아는 것을 행하라는 말은 모순 아닐까?

순서가 틀렸으니 모순일 수 있다. 행하지 않고 공짜로 아는 것은 아는 것이 아니다. 눈으로 아는 것은 아는 것이 아니다. 귀로 아는 것도 아는 것이 아니다.

삼겹살 구워 먹는 꿈은
돼지꿈일까 아닐까?

돼지꿈이다. 산 돼지만 돼지로 치라는 법은 없다. 기준도 애매하고 해석도 분분할 땐 일단 내게 유리한 쪽 손을 들어 줘라. 긍정과 부정이 양립할 땐 눈 딱 감고 긍정을 붙잡아라. 돼지처럼 뚱뚱한 친구랑 한우 먹는 꿈을 꿨다면 그것도 돼지꿈으로 쳐라. 로또 한 장 사라.

아빠와 아버지는 어떻게 다를까?

글자 하나가 늘어난 만큼 그와 나 사이의 거리가 멀어진다는 암시일까. 모르겠다. 나는 이 차이를 설명할 수 없지만 이것 하나는 안다. 이 차이를 이해할 때쯤이면 그가 없다는 것.

맑은 날 우산은
무엇을 할까?

기다린다. 외출하고 싶은 몸과 마음을 접고 기다린다. 어제 내린 비를 제대로 수비하지 못한 까닭을 하나하나 되짚으며 기다린다. 기다리는 시간은 실력을 숙성하는 시간이다.

가르치는 것과
배우는 것의 차이는
무엇일까?

없다. 가르치는 것이 배우는 것이다. 누군가를 가르치고 피곤함을 느꼈다면 가르치는 동안 아무것도 배우지 못했다는 뜻이다. 누군가를 가르치고 뿌듯함을 느꼈다면, 가르침을 받는 이의 질문이나 눈빛에서 뭔가를 배웠다는 뜻이다. 가르치고 배우는 것은 교육이 아니라 서로에게 좋은 자극을 주는 대화다.

거북의 수명을 따라잡은 인간의 다음 목표는 무엇일까?

천년을 산다는 소나무일까. 소나무를 따라잡으면 그다음 목표는 또 무엇일까. 따라잡다 인간이 끝나는 건 아닐까. 수명 늘리는 것도 좋고 건강 챙기는 것도 좋은데 가끔은 이런 질문도 했으면 한다. 의사가 들으면 화들짝 놀랄 질문.
건강에 나쁘면 인생에 나쁜 걸까?

내 부모와 나의 유전자는
왜 100%가 아니라
99.99% 일치할까?

나머지 0.01%의 정체가 바로 우주다. 그래서 나를 우주가 만든 기적이라고 하는 거다. 그러니까 엄밀히 말하면, 나는 내 부모와 우주가 협업으로 만든 기적이다.

자, 이제 유전자 분석으로 내가 기적임을 한 번 더 확인했으니 더는 방구석에 누워 기적을 기대하지 마라. 내가 기적인데 누구에게 기적을 기대한단 말인가. 기적은 기대하는 게 아니라 행하는 거다.

일기예보는 있는데
왜 인생예보는 없을까?

하나 마나 한 말이니까.

비가 오면 옷이 젖을 거야. 많이 오면 많이 젖을 거야.

길을 잃으면
무엇이 보일까?

떡갈나무 숲이 보일까. 깊은 산속 옹달샘이 보일까. 새로운 길이 보인다. 어제 그 길엔 어제 그 돌멩이만 누워 있다. 어제 그 돌멩이 위로는 어제 그 바람만 지나간다.
같은 길을 다시 걷지 않으려면 길을 잃어야 한다. 비틀거리고 휘청거려야 한다. 비틀거림과 휘청거림은 전진을 방해하는 게 아니라 진로의 확장을 돕는다. 바른 길만 걷는 내게 다른 길도 있다는 것을 가르쳐 준다.

빗소리가 좋아
영화 보고 싶다는 말이
논리적인가?

논리가 아니지. 그래도 가끔은 이런 비논리적인 말을 해야 한다. 아무 날도 아닌데 꽃을 선물하는 수상한 행동도 해야 한다. 왜 그래야 하는지 논리적인 설명은 하지 않겠다. 다만 이것 하나는 기억하라. 논리의 온도는 감성의 온도보다 낮다는 것. 논리만 껴안고 살면 콜록콜록 감기 든다는 것.

배제된 사람이라는 표현 괜찮은가?

배제된 사람이라고 말하면 마음이 가벼워질까. 책임에서 자유로워질까. 비겁한 표현이다. 배제된 사람이 아니라 배제한 사람이다. 배제하지 않으면 배제되지 않는다. 소외하지 않으면 소외되지 않는다.

보험에 든다고
내일 걱정이 사라질까?

보험이 못하는 그 일을 모험은 한다. 당장 헤쳐 나아가야 할 것이 빤히 눈에 보이는데 한가하게 내일 걱정을 하는 사람은 없겠지.
세상에는 두 종류의 사람이 있다. 보험이라는 이름으로 내일에게 돈을 갖다 바치는 사람. 내일에게 바칠 돈을 오늘 모험에 쓰는 사람.

머리의 제1기능은 무엇일까?

기억 기능일까. 망각 기능이다. 우리의 머리 용량은 턱없이 부족하다. 하루하루 생산되는 기억을 다 쑤셔 넣을 수 없다. 불행 중 다행은 머릿속에 커다란 휴지통이 있다는 것. 아픔도 슬픔도 노여움도 부지런히 삭제하라. 잊을 것을 잊어야 기억할 것이 추려진다. 망각이 없으면 기억도 없다.

시계에서 바늘을 없애면
시간의 속박에서
자유로워질까?

바늘이 있던 자리에 숫자를 넣어 봤는데 시간의 속박은 오히려 더 매서워졌다. 다른 시도를 했어야 했다. 바늘만 남기고 시계라는 틀을 부수는 방법. 바늘은 난생처음 자유를 경험한다. 걸었다 뛰었다 하늘로 치솟았다 오두방정을 떤다. 나는 부러운 눈으로 그 오두방정을 바라본다. 나도 바늘인데, 맨날 같은 공간을 같은 보폭으로 움직이는 시곗바늘인데, 나를 감금하는 틀은 무엇일까.

가족일까. 회사일까. 혹시 나를 감시하는 나 아닐까.

벤치에 앉은 후보 선수를
걱정한 적 있는가?

걱정도 팔자라는 말은 이럴 때 쓰라고 만든 말이다. 벤치에 앉은 선수는 단 1분이라도 경기를 뛸 기회가 있다. 걱정할 것은 관중석에 앉은 나다.

바람은 촛불을
끌 수 있을까?

바람에겐 후- 부는 기능이 있다. 아무리 많은 수의 촛불도 후 불어 한 번에 끌 수 있다. 그러나 촛불을 든 뜨거운 손을 끌 수는 없다. 바람이 촛불을 끄면 손은 주머니에서 다시 성냥을 꺼낸다. 그러니까 바람은 촛불을 끌 수 없다.

소화기 사용법보다 먼저 알아야 할 것은?

소화기의 위치다. 소화기가 어디에 있는지 모른다면 소화기 사용법은 세상에서 가장 쓸모없는 지식이 되고 만다. 모든 지식을 다 머리에 넣고 살 수는 없다. 지식이 어디에 있는지, 지혜는 또 어디에서 찾을 수 있는지, 이들 위치만 머리에 잘 넣어 두면 인생에 119 부를 일은 없다.

반성 없는
반성문을 쓰려면
어떤 말을
넣어야 할까?

엄마 때문에. 착각 때문에. 유혹 때문에. 피곤 때문에. 가난 때문에. 그 순간 내 눈을 찌른 그 시끄러운 햇빛 때문에.

돼지는 왜
하늘을 보지 않을까?

목이 두꺼워 하늘을 볼 수 없는 건지, 하늘을 보지 않아 목이 두꺼워진 건지. 어떤 게 진실인지는 모르지만 하늘도 참 난감한 일이다. 그 잘났다는 인간도 온갖 종교를 만들어 하늘과 친해지려고 기를 쓰는데, 왜 이 뚱뚱한 녀석은 하늘을 무시하는 걸까. 왜 땅바닥만 보는 걸까. 하늘은 돼지를 더 알고 싶었다. 녀석의 동선을 관찰했다. 하루 종일 돼지 눈이 가는 그곳엔 밥이 있었다. 하늘은 고개를 끄덕였다. 하늘보다, 그 어떤 종교보다 강한 힘을 가진 것이 밥임을 인정했다. 오랜만에 배가 고팠다.

과거형과 미래형이
똑같은 말이 있을까?

있다. '있다'라는 말이다. '있다'의 과거형은 '없다'. '있다'의 미래형도 '없다'. 지금 내게 있는 모든 것은 없었던 것이고, 지금 내게 있는 모든 것은 사라질 것이다.

너무 막연한 질문이지만 어떻게 살아야 할까?

오늘도 하나뿐인 내가 한 번뿐인 인생을 산다. 어떻게 살아야 하는지는 자명하다. 하고 싶은 짓을 하며 살아야지. 하기 싫은 일을 억지로 하려거든 조금만 기다려라. 인간 복제 기술이 성공하면 그때 두 번째 나에게 그 일을 시켜라.

지금 나는 나 하나뿐이다.

생명 없는 것들이
건네는
한 문장

탱크 한 대를 녹이면
숟가락 1천 개를
만들 수 있다

바퀴는 구르기 위해
땅과 접하는 부분을 최소화했다

꿈은 이루어진다. 그러나 방바닥에 몸을 길게 붙이고 누워서 꾸는 꿈은 이루어지지 않는다.

기타는
포옹을 배우는
악기다

가슴으로 꽉 껴안아야 소리를 만들 수 있다. 나는 기타를 배우는 척하며 사랑을 배운다. 알람브라궁전의 추억을 연주하는 척하며 고독을 달랜다. 포옹을 배우는 악기에 익숙해지면 키스를 배우는 악기에 도전할 생각이다.

내가 버스를 놓친 게 아니라 버스가 나를 놓친 것이다

나를 버리고 간 버스 뒤통수에 대고 욕하지 말고, 나라는 괜찮은 손님을 놓친 버스를 위로하라. 면접에서 나를 떨어뜨린 회사가 있다면 그 회사의 불운을 위로하라.

접시를 가장 많이 깨뜨린 사람이
접시돌리기 챔피언이 된다

기회는 접시 닦는 알바에게 있다.

가위가 입을 벌리면
종이는 덜덜 떨지만
책은 떨지 않는다

종이가 모인 것이 책이다. '함께'는 힘이 세다.

먼지떨이는
창틀에 쌓인 먼지를
코와 입으로 안내하는 일을 한다

부지런한 사람은 먼지떨이를 들고, 나처럼 게으른 사람은 먼지떨이를 들지 않아도 되는 이유를 악착같이 찾아낸다. 몸의 움직임과 잔머리의 움직임은 정확히 반비례한다.

꽃병은
꽃을 보여 주는
그릇이 아니라
꽃을 가리는 그릇이다

꽃병은 지난여름 가위가 꽃에게 한 일을 알고 있다. 그래서 가린다. 뿌리를 잃은 꽃이 안쓰러워 꽃의 아랫도리를 가린다. 상처 입은 사람을 보듬는 건, 그 사람의 아픔을 누가 보지 못하도록 그의 꽃병이 되어 주는 것이다.

긴바지를 자르면 반바지가 되지만
반바지를 긴바지로 입을 방법은 없다

자유는 여유에서 나온다.

탱크 한 대를 녹이면
숟가락 1천 개를 만들 수 있다

전쟁이 너의 밥을 빼앗아 나의 밥그릇에 담는 일이라면, 평화는 군복을 벗어 던진 너와 내가 나란히 앉아 같은 밥을 먹는 일이다.

마스크는
들어오려는 것을
막는 물건이 아니라
나가려는 것을 막는 물건이다

미세먼지보다 심각한 미세참견, 미세조언, 미세충고.

입 바깥으로 외출 금지.

거품 없는 맥주도 없고
거품만 있는 맥주도 없고
거품을 감추는 맥주도 없다

사람에게도, 누구에게나, 들키기 싫은 거품이 있다. 거품을 거품으로 싹싹하게 인정하면 한낱 거품에 불과하지만, 그것을 감추려고 꽁꽁 싸매면 언제 터질지 모르는 폭탄이 된다.

빨랫줄에 걸려
눈물 뚝뚝 흘리는 시간이 없으면
설레는 외출도 없다

옷이 마르듯 눈물도 마른다. 축 늘어진 시간을 견디면 곧 뽀송뽀송한 시간이 온다. 삶은 무한 반복. 빨랫줄에 걸렸다가 옷걸이에 걸렸다가.

나침반도 방향을 가리킬 땐
몸을 파르르 떤다

짜장면 먹을까 짬뽕 먹을까. 인생에서 가장 살 떨리는 선택이다. 선택하는 마지막 순간까지 충분히 떨어도 좋다. 그러나 선택이 끝나면 떨림도 끝나야 한다. 짜장면이든 짬뽕이든 선택한 그것을 씩씩하게 먹어야 한다.

휘어진 바늘이 바다를 여행할 기회를 얻는다

반듯한 바늘로는 피라미 한 마리 낚을 수 없다. 뒤틀림과 휘어짐이 귀한 쓸모가 되는 곳이 어딘가는 있다.

피아노 살 돈이 없다면
하모니카를 불어라

한 세계에 다가가는 방법은 하나가 아니다. 오늘, 지금, 내게 허락된 것부터 만나라. 피아노 살 돈 마련할 때까지 음악과 거리를 두겠다 고집하면 끝내 피아노 앞에 앉을 수 없다. 돈을 모으려면 길바닥에 동냥그릇 놓고 하모니카라도 불어야 한다.

바람은 연에게
날아오르라고 손짓할 뿐
연을 끝까지 책임지지는 않는다

엄마도. 아빠도. 학교도. 회사도. 국가도.

열쇠가 없다면
자물쇠도 버려라

자물쇠를 채울 땐 내 손에 열쇠가 있는지 확인하라. 남의 입에 자물쇠를 채울 때도 마찬가지다. 내 의견이 없는 반대는, 나는 저 사람이 싫어, 실토하는 것이다.

잠자리채로 별을 따는 방법은
별과 나 사이 거리를 계산하지 않는 것이다

잠자리채를 잡는다. 밤하늘로 던진다. 그물을 살핀다. 별이 없다. 더 커다란 잠자리채를 구한다. 던진다. 살핀다. 없다. 이하 같은 동작 반복. 같은 실패 반복. 이것이 잠자리채로 별을 따는 유일한 방법이다. 잠자리채 대신 줄자를 들고 나오는 사람은 영원히 별을 만날 수 없다.

잠자리채 없이 별을 따는 방법은
별에게 내 진심을 고백하는 것이다

간절하게 고백하면 별이 나를 따러 온다.

십자가 위에 피뢰침이 있다

저 높은 곳에서 종교와 과학이 겨룬다. 누가 이길까. 피뢰침이 한 뼘 위에 섰으니 승부가 난 걸까. 그런 것도 같기도 하고 아닌 것 같기도 하고. 과학은 수백 년 종교 눈치만 살피고 있으니. 종교는 단 한 번도 패배를 인정한 적 없으니.

오지 탐험가 배낭에도
낡은 지도 한 장은 있다

새로운 길은 누가 발견할까. 지도를 찢는 자가 발견할까. 지도를 꼼꼼히 살피는 자가 발견한다. 앞선 이들이 어떤 길을 걸었는지 두 다리로 확인하는 자가 발견한다. 어제를 공부하지 않으면 내일에 도착할 수 없다.

연필이 태어난 이유를
가장 잘 설명하는 것은 몽당연필이다

나는 나를 다 쓰고 있을까. 다 쓸 수 있을까.

그네를 잘 타는 유일한 기술은 발판에 발바닥을 딱 붙이는 것이다

하늘 끝을 꿈꾼다면 위를 보지 말고 아래를 보라. 두 다리는 땅을 딛고 있는지. 허공을 휘휘 젓고 있지는 않은지.

술병에 들어 있는 술은
물병에 들어 있는 물과 다르지 않다

술병 밖으로 나와야 술이다. 술잔을 거쳐 입 안으로 들어가 짜릿하게 위장을 적셔야 술이다. 내 가치를 만드는 일도 중요하지만, 어렵게 만든 가치를 세상에 펼쳐 보이는 일 또한 못지않게 중요하다.

컵라면에 물 붓고 기다리는 3분은 고기 먹고 이 쑤시는 3분보다 길다

우리 모두는 서로 다른 시계를 차고 사는데 이를 상대 시계라 부른다. 상대 시계에는 절대 시간이라는 게 없다. 내 시계를 기준으로 남의 시간을 측정하려 들면 여기저기서 국지전이 발발할지도 모른다.

빈 벤치보다 외로운 건
낙엽 하나가 앉은 벤치다

무(無)는 외롭지 않다. 모든 외로움은 유(有)에서 시작된다.

지붕은
참새에겐 졸음쉼터이고
도둑에겐 출근길이다

소나기 눈엔 지붕이 무엇으로 보일까. 신나게 두드리고 싶은 타악기로 보이지 않을까. 내 눈 하나만 사용하지 말고 세상 모든 눈을 다 동원하여 관찰하라. 다채로운 발견을 하고 싶다면, 관점의 이동.

잘 못 끼운 단추 하나가 패션의 역사를 바꾼다

첫 단추가 엉뚱한 구멍을 찾으면 모든 단추가 연이어 남의 구멍으로 들어가야 하고, 마지막 남은 단추 하나가 들어갈 구멍이 없다는 걸 깨닫는 순간 불균형 패션이라는 참신한 아이디어가 솟는다. 착각하고 오해하고 실수하고 실패하라. 바보가 역사를 바꾼다.

책을 선물하고 싶은 사람은 도서관을 선물하지 않는다

이 책에 너무 많은 밑줄을 긋지 마라. 물론 안다. 밑줄 긋고 싶은 문장이 어디 한둘이겠는가. 하지만 참아라. 밑줄이 많으면 밑줄은 없다. 강조가 많으면 강조는 없다.

신호등이 고장 나면
사고가 줄어든다

더 침착하게 더 섬세하게 더 안전하게 움직일 테니까. 그러니까 엄마가 고장 나면 아이에게 혼란이 생길 거라고 예단하지 말 것. 가끔은 아이 손을 놓을 것.

고래를 춤추게 하는 것도 칭찬이지만
오뚝이를 병들게 하는 것도 칭찬이다

불굴의 의지 같은 말로 오뚝이를 추어올리지 마라. 칭찬이 질문을 막는다. 왜 넘어졌는지. 왜 일어나야 하는지. 관성이 인생을 어디로 데려가는지.

총은 총을 닮았다

치읓은 가늠자. 오는 방아쇠, 이응은 총구. 이름과 실체가 같은 이런 모습을 명실상부라고 하지. 총은, 겉 다르고 속 다른 이 세상을 정조준하고 있는지도 몰라.

구멍 몇 개는 뚫려야
볼링공이다

매력만 있으면 매력이 없다. 구멍이 있어야 매력이 있다. 가끔 넘어지고 자주 망가져라. 내가 완벽한 사람이라는 사실을 내 가족에게도 들키지 마라.

뉴턴 같은 천재는 텔레비전을 본 적이 없다

그것 봐. 너도 천재가 되려면 텔레비전을 끊어야 해. 엄마는 뉴턴을 내밀며 아이를 다그친다. 그런데 이 결론이 맞는 걸까. 아이 교육에 좋다 나쁘다 잘라 말하는 건, 아이들이 다 똑같다는 전제에서 나온 부실한 결론 아닐까. 뉴턴은 왜 텔레비전을 보지 않았을까. 그땐 텔레비전이 없었다.

에어컨의 등장을 가장 반기는 건
선풍기에 밀려
소멸의 길을 걷고 있는 부채다

나를 걷어찼으니 너도 당해 봐. 이런 심보겠지. 어쨌든, 영원한 일인자는 없다.

길거리 포장마차에는 화장실이 없다

그렇다고 포장마차가 온통 화장실이 되지는 않는다. 각자 합법 또는 불법적인 방법으로 볼일을 보고 자리로 돌아온다. 없으면 찾는다. 찾으면 있다. 방법.

러닝머신에겐 풍경이 하나뿐이다

러닝머신이 유난히 힘든 건 눈이 먼저 지치기 때문이다. 눈이 지치면 몸도 지치고 마음도 지친다. 내가 나를 낯선 공간으로, 낯선 시간으로, 낯선 사람들에게로 끊임없이 데려가야 하는 이유다.

면봉은
귀와 입을 함께
청소하는 물건이다

면봉으로 귀지를 파낸다. 모든 말이 귀에 쏙쏙 들어온다. 남의 말을 놓치지 않고 들으면 내 입에서 엉뚱한 말이 나올 리 없다.

벽을 만드는 건

벽돌이 아니라

벽돌과 벽돌의 밀착이다

벽이 되려는 벽돌은 간격이라는 말을 모르는 게 좋다. 답답함을 견뎌야 단단함에 이른다.

신분증에는 바뀌는 것과
바뀌지 않는 것이 적혀 있다

바뀌지 않는 것이 나다. 내 주소가 내가 아니라 내 이름이 나다. 내 생년월일이 나다. 내년이면 남의 주소가 될 수도 있는 곳을 채우고 가꾸고 넓히는 일에 나를 낭비하지 마라.

오직
나를 위한
한 문장

낮잠을
자주 자는 사람은
남보다 많은 아침을
맞는다

가고 싶은 마음이
길이다

가고 싶다. 가고 싶다. 가고 싶다. 가고 있다.

빌딩을 높이 올리려면
지하를 깊이 파야 한다

깊이 없는 높이는 쉽게 무너진다. 깊이가 깊어지면 저절로 높이가 된다.

김치 남기면 벌금이지만
설렁탕 남기면 벌금은 없다

혹시 내가 설렁탕집은 아닐까.

작은 죄는 크게 꾸짖고 큰 죄는 못 본 척하는.

돈이 없으면
불편하고
돈이 많으면
불안하다

돈이 바닥나면 어떡하지? 내 돈을 노리고 사기꾼이 달려들면 어떡하지? 나보다 큰 부자를 만나면 쪽팔려서 어떡하지? 불편은 불행이 아니지만 불안은 불행일 수 있다.

좁디좁은 골목길도
높은 하늘을 품고 있다

양쪽 벽이 나를 압박할 땐 고개 들어 하늘을 보라.

탁 트인 하늘처럼 탁 트인 길이, 탁 트인 날이 골목 끝에서 나를 기다린다.

누구도 궁금해하지 않는 것이 나의 묘비명이다

할말 있으면 살아서 말하라. 그것이 욕이든 농담이든 역사에 남을 명언이든.

내가 죽고 10분만 지나면 세상은 나를 잊는다.

옐로카드 뒷면은 나를 향한다

옐로카드는 앞뒷면 모두 노란색이다. 앞면은 남을 향하지만 뒷면은 나를 향한다. 남에게 카드를 내미는 순간 내게도 같은 엄격함이 적용된다. 남을 향한 지적과 비난과 조롱과 호통은 부메랑처럼 내게 되돌아온다.

내일을 위해 오늘을 희생하는 사람에겐
영원히 내일이 오지 않는다

그가 맞는 내일아침은 다시 오늘이니까.

희생을 연장해야 하는.

사람의 목은
180도 뒤로 돌릴 수 없다

지난 시간에 대한 집착은 자칫 목이 부러질 수도 있는 아슬아슬한 자세다.

내가 한 말을
가장 먼저 듣는 귀는
내 오른쪽 귀와 왼쪽 귀다

남의 말 듣는 것도 지칠 텐데 나라도 말을 줄여 줘야 하지 않을까. 귀에게도 유엔이 권장하는 하루 노동 시간이 있지 않을까.

하체에겐
상체를 업고 다녀야 하는
어려움이 있고
상체에겐
하체가 가는 곳으로 따라가야 하는
서러움이 있다

어느 하나를 가지려면 다른 하나는 접어야 한다.

베토벤도
삶의 9할을
백지 앞에
앉아 있었다

운명은 백지다. 아무것도 적히지 않은 깨끗한 백지다. 베토벤도 교향곡 5번 운명을 쓰기 전까지는 백지 앞에 앉아 있었다. 지금 내 앞에도 백지가 놓여 있다. 그곳에 내 손으로 오선지도 긋고 음표도 그려 넣으면 제법 괜찮은 운명 하나를 써낼 수 있다. 내 운명은 베토벤이 대신 써 줄 수 없다.

또 오세요, 라고 말하는
장의사는 없다

그런데 우리는 세상에 또 올 것처럼 산다.

사람은 월요일에 태어나
금요일에 늙고
일요일 밤에 떠난다

월요일의 순수. 화요일의 명랑. 수요일의 분주. 목요일의 성취. 그러나 목요일로 끝이 아니다. 질문이 온다. 주말엔 뭐 하실 겁니까? 이 질문에 쭈뼛거리지 않으려면 늙지 않으려고 기를 쓸 게 아니라 잘 늙으려고 애를 써야 한다. 금요일의 침착. 토요일의 준비. 일요일의 수긍.

나를 공부하는 학교도 없고
나를 연구하는 연구소도 없다

남의 손가락 끝이 가리키는 곳으로 내 인생 데려가지 마라.

세상은 나에게 관심이 없다.

덧셈을 알면
인생이라는 어려운 문제를 풀 수 있다

수많은 지금을 더한 것이 하루다. 수많은 하루를 더한 것이 인생이다. 이 공식에 그대로 적용하면 그 어렵다는 인생이라는 문제의 답이 살짝 보인다. 지금이 인생이다.

인생은 이기거나 지거나
둘 중 하나의 결과를 내는 게임이 아니다

수많은 인생이 비기는 것으로 게임을 마친다. 그것으로 충분하기에 인생엔 연장전도 승부차기도 없다.

외로운 만큼만 외로워하라

신은 감당할 수 있는 외로움을 준다. 받은 만큼만 외로워하라. 겨울밤이니까. 사람이 떠났으니까. 이런저런 이유를 들어 신이 준 외로움 위에 추가 외로움을 얹지 마라. 외로움을 회수하려고 찾아온 신이, 이건 내 영역 밖이라며 빈손으로 돌아간다.

꿈은 밤이 만들고 낮이 사용한다

밤은 과잉의 시간이다. 감정 과잉. 긍정 과잉. 소망 과잉. 그럼에도 불구하고 꿈은 밤이 만들어야 한다. 과잉을 듬뿍 넣어 만들어야 한다. 낮이 만든 꿈은 현실을 꼼꼼히 적용한, 과잉을 철저히 차단한 계산서 같은 것일 테니까.

체온도 표정도 향기도 없는.

수박은 빨간색이고
바나나는 하얀색이다

눈으로 보면 껍질이 보이고 마음으로 보면 본질이 보인다. 눈으로 보면 검은 사람, 하얀 사람, 노란 사람이 보이고 마음으로 보면 사람이 보인다.

바람 들어오라고 창문을 열면
바람보다 도둑이 먼저 들어온다

도둑이 먼저 들어온다는 건 바람도 따라 들어온다는 뜻이다. 그렇다면 창문을 연 목적 달성이다. 도둑에게 물건 몇 개 털리겠지만 그건 어쩔 수 없는 일이다. 필요한 것을 얻으려면 잃는 것도 있기 마련이다.

엑스트라가
내 얼굴 알리는 일에
정신을 팔면
다음 출연은 없다

인생은 같은 질문의 무한 반복. 나는 누구? 여긴 어디?

소주를 마시려면
병뚜껑을 돌려 딸 힘이 있어야 하고
와인을 마시려면
코르크마개를 매끄럽게 들어 올릴
기술이 있어야 한다

힘이 있거나 기술이 있거나. 둘 다 없다면 술 한잔 얻어 마실 수 없다. 그런데 힘을 키우거나 기술을 익히려면 한동안 술을 멀리 해야 한다. 즉 술을 마시려면 술을 멀리 해야 한다. 조금 수상한 논리 같지만 세상 이치가 그렇다.
간격이 있어야 밀착도 있다.

구부러지기를 거부하면 부러진다

뱀은 땅바닥에 곡선을 그리며 전진한다. 담쟁이도 담벼락에 곡선을 그리며 담을 넘는다. 이들에게 직진의 유혹이 없었을까. 양보와 타협이 더 부드럽고 더 여유로운 길로 나를 안내한다.

향기를 잃는 건
슬픈 일이 아니지만
향기가 냄새가 되는 건
슬픈 일이다

시간은 향기를 앗아간다. 나는 향기의 분실을 못 견뎌 한다. 향기가 있었던 자리를 이런저런 냄새로 채우며 그것을 향기라 우긴다. 결국 관계마저 분실한다.

말은
과거의 나와
미래의 나의
끊임없는 흥정이자 타협이다

어느 한쪽에게 너무 많은 말을 시키지 마라. 내가 한 일과 내가 할 일이 잘 섞인 말이 살아 있는 말, 들리는 말이다.

시작은 나의 일이지만
끝은 신의 일이다

시작했으면 끝을 보라는 말. 근사한 말 같지만 전혀 근사하지 않다. 쉽지 않은 일을 시작하려는 사람에겐 이 말이 이렇게 들릴 수 있다. 끝까지 가기 어렵다면 시작을 포기하라. 시작의 수와 끝의 수가 같을 수는 없다. 끝과 상관없이 시작은 많을수록 좋다.

동사가 연상되지 않는 명사는 곧 명사 신분을 잃는다

해는 뜨다. 꽃은 피다. 새는 날다. 물은 흐르다. 모두 다 자신만의 동사가 있는 튼튼한 명사들이다. '나'라는 명사도 튼튼해지려면 연상되는 동사 하나는 있어 줘야 하지 않을까.

삶은 기저귀로 시작해
수의로 끝난다

호주머니가 없는 옷에서 시작해 호주머니가 없는 옷으로 끝난다. 그 사이 입는 옷에 아무리 호주머니가 많이 달려도 마지막 옷을 바꿀 수는 없다. 옷이 날개라는 말은, 제아무리 화려하게 퍼덕거려도 하늘과 땅 사이의 날갯짓일 뿐이라는 뜻이다.

소설을
뒤에서부터 읽는 사람은 없다

나의 끝이 궁금한가. 용하다는 점집을 찾고 싶은가. 아서라. 지나가는 바람이 나의 끝을 귀띔해 주더라도 한 귀로 듣고 한 귀로 흘려라. 끝을 아는 순간부터 나는 긴장도 기대도 작은 기적도 꿈꿀 수 없는 지루한 생을 살아야 한다. 나라는 소설은 아직 결말을 맺지 않았다. 결국 이렇게 되고 말 거라는 나약한 예언 금지. 내가 나에게 내 인생 스포일러 금지.

낮잠을 자주 자는 사람은 남보다 많은 아침을 맞는다

멈춤이 있어야 전진도 있다. '중단 없는 전진' 같은 표어는 50년 전에 수명을 다했다.

인생은
지하철 2호선이다

서울 지하철 2호선은 기점도 종점도 없는 순환선이다. 역은 모두 쉰 개. 내가 너보다 다섯 역 뒤에서 달린다면, 내가 너보다 마흔다섯 역 앞에서 달리는 거다. 인생도 순환선이다. 앞은 앞이 아니고 뒤는 뒤가 아니다.

셋이 아니라 혼자 걸어도
그 가운데 반드시 나의 스승이 있다

바로 나다. 나라는 인간은 스승으로 모시기에 턱없이 부족하다고? 안다. 아니까 하는 말이다. 어제의 내가 오늘의 나에게, 지금처럼 살면 내일도 모레도 나 같은 놈으로 살게 될 거라는 끔찍한 가르침을 준다. 슈바이처도 좋은 스승이지만 히틀러 또한 다른 의미의 좋은 스승이다.

가끔은
가르마 왼쪽 머리카락이
오른쪽으로 넘어오기도 한다

너와 나의 경계는 생각보다 허술하다. 네가 넘어오든 내가 건너가든 어렵지 않게 오갈 수 있다. 다름에 가려 잘 보이지 않는 같음을 볼 수만 있다면.

라면에 진심인 사람은
계란을 풀지 않는다

곁가지에 눈을 주면 본질을 못 본다. 그렇다고 스프까지 내던져서는 안 된다. 스프도 라면의 본질이다. 곁가지와 본질을 구별하지 못하면 본질에 종사할 수 없다.

김치찌개를 시키면
된장찌개가 나오는 곳이
인생식당이다

이곳 주방장에게 지지 않는 방법은 지치지 않는 것.
일단 오늘은 된장찌개를 최대한 맛있게 먹고 내일 또다시 김치찌개를 시키는 것.

물도 액체고
말도 액체다

말도 어떤 그릇에 담느냐에 따라 형체가 바뀐다. 누구의 입에서 그 말이 나왔느냐에 따라 반응과 파장이 달라진다. 괜찮은 말 찾는 데 시간 쓰지 말고, 말을 담는 그릇 살피는 데 시간을 줘라. 나라는 그릇 주둥이 근처에 구멍은 없는지. 그 구멍으로 액체가 줄줄 새지는 않는지.

하나뿐인 것은
가격을 매길 수 없다

지구의 가격은 얼마일까. 달은 오염되지 않았으니 지구보다 비쌀까. 해왕성 명왕성은 달보다 비쌀까. 태양의 가격은 또 얼마일까. 궁금해할 것 없다. 하나뿐인 것은 가격을 매길 수 없다. 우주를 다 뒤져도 나는 나 하나뿐이다.

자유로운 사람이 되라는
말의 방점은
자유가 아니라 사람에 찍혀 있다

용기 있는 사람이 되라는 말의 방점도 용기가 아니라 사람에 찍혀 있다. 자유는 어렵지 않다. 용기도 어렵지 않다. 사람이 어렵다. 자유가 충만한 개는 아무데서나 똥을 싸고, 용기가 충만한 개는 아무 이유 없이 나그네를 문다.

지갑을 닫으면 돈이 모이고
지갑을 열면 사람이 모인다

여기까지는 나도 안다. 그래서 열어야 하나 닫아야 하나.

이 지점에서 늘 막힌다.

좋은 묘목을 가진 사람은
식목일을 기다리지 않는다

시작은 오늘 하는 것이다.

코미디 프로가 없는
어느 별에 사는 이들은
울적할 때마다
지구를 내려다보며
웃는다고 한다

저 녀석들은 죽지 않으려고 사는 것 같은데 왜 저렇게 죽을 상을 짓고 다닐까. 이게 웃기는 포인트라나 뭐라나.
나는 오늘 웃었을까.

일하는
너를 위한
한 문장

남을 이기면 1승
나를 이기면 2승

일은 1이 아니다

발음이 같아 일을 1로 착각하기 쉽다. 그러나 일은 1이 아니다. 2나 3일 것이다. 어쩌면 12나 13인지도 모른다. 그럼 무엇이 1일까. 혹시 노는 게 1 아닐까. 우리는 더 멋지게 놀기 위해 죽어라 일을 하는 게 아닐까. 일은 곧잘 하는데 노는 게 부실하다면 인생을 잘못 이해하고 있는 건지도 모른다.

화살 두 개를
한꺼번에 날리는
궁사는 없다

집중력을 두 개 지닌 사람은 없다. 책을 폈으면 책 하나에 끝까지 집중하라. 아까부터 자꾸 들락날락하는 그 휴대폰은 저만치 밀어두고.

두렵지 않음을
두려워하라

시속 100킬로미터로 달리는 차는 모든 순간이 두렵지만, 주차장을 지키는 차는 한순간도 두렵지 않다. 두렵지 않다는 건 앞으로 가지 않는다는 뜻이다. 지체다. 정체다.

회의실에서
치워야 할 것은
칠판이나 회의탁자가 아니라
회의실 그 자체다

회의가 늘어지면 생각도 늘어지고 생각이 늘어지면 의견도 늘어지고 의견이 늘어지면 판단도 늘어지고 판단이 늘어지면 결론도 늘어지고 결론이 늘어지면 그곳에 갇힌 사람들도 늘어진다. 이 문장처럼.

돌멩이 바위 안 된다

발길질 한 번에 쉽사리 자리를 옮겨 버릇하면 천년이 가도 내 자리는 없다.

작가란
원고지를 덮고 자는 사람이다

놀아도 원고지 앞에서 노는 사람이고, 졸아도 원고지 위에서 조는 사람이다. 원고지를 글자로 채우는 일은 다음다음 문제다. 나를 어디에 두느냐. 이게 전부다.

복도에는
밥상도 책상도 없다

어느 방이든 방문을 열고 들어가야 한다. 더 좋은 방 찾겠다고 복도 이쪽 끝에서 저쪽 끝까지 하염없이 노크만 하고 돌아다니면 내 방은 없다. 내 밥도 없다.

오케스트라 지휘자는 객석을 보지 않는다

연주가 끝난 후 비로소 등을 돌려 예를 차린다.
지휘자가 순간순간의 반응에 민감하면 연주자도 흔들리고
연주도 흔들린다.

날카롭지 않은 칼은
칼 주인 성질만 날카롭게 만든다

두 가지를 체크할 것. 내게 괜찮은 무기가 있는지. 있다면 그것을 충분히 날카롭게 갈았는지. 답답한 칼을 들고 싸우러 나갔다간 내 성질에 내가 베인다.

음식을
삼키기 전엔
휘파람을 불 수 없다

샴페인은 천천히. 내 입에 들어온 일을 완전히 삼켰음을 확인한 후에.

절망이
눈에 보이면
앞뒤 받침을 바꿔 읽어라

정말 없다. 하늘이 무너지는 일.

정말 있다. 솟아날 구멍.

브라질 축구의 절반은
아르헨티나가 만들어 줬다

라이벌이 강함을 슬퍼할 게 아니라

라이벌이 없음을 슬퍼하라.

창조란
새로운 집을
짓는 것이 아니라
견고한 집을
깨부수는 것이다

그래, 새로운 집을 짓는 행위는 건축이라고 하지.

아이디어를 발견하는 건
통찰이지만
아이디어를 완성하는 건
맺집이다

아이디어가 치명적일수록 세상 손가락질은 요란하기 마련이다. 이를 견디지 못한 숱한 아이디어가 태어난 그날 사망한다.

젊을 땐 신호등처럼 일하더라도
나이 들면 등대처럼 일하라

등대는 말없이 빛만 보낸다. 빛을 던지고 방향 속도 다 알아서 하라고 한다. 게으름이 아니다. 무책임이 아니다. 나 아니면 안 된다는 생각을 세월의 바다에 버린 것이다.

쓰레기통이 깨끗한 사람하고는 동업을 하지 마라

쓰레기를 생산하지 않았다는 건 아무것도 실패하지 않았다는 뜻이고, 아무것도 실패하지 않았다는 건 아무것도 시도하지 않았다는 뜻이다. 아름다운 실패가 낳은 소중한 파편이 쓰레기다. 새로운 도전에 집어넣을 귀한 재료가 쓰레기다. 하나뿐인 지구를 위해 쓰레기는 줄여야 하지 않느냐는 반론은 사양한다.

욕망을 좇아
정신없이 달려가다 보면
어느 순간
욕망은 앞 글자가 바뀐다

허망으로.

성장을 향하여
꾸준히 달려가다 보면
어느 순간
성장은 뒷 글자가 바뀐다

성공으로.

어부는
어부의 일을 한다

물론 어부가 어부의 일만 하는 건 아니다. 노래자랑에 나가려고 노래 연습도 한다. 춤 연습도 한다. 땡 하면 지을 표정 연습도 한다. 그러나 이 모든 일은 어부의 일을 한 후에 한다.

사격이 약하면
과녁을 키워라

좁은 문을 키우는 것이 뚱뚱한 몸을 반 토막 내는 것보다 훨씬 수월하다. 목표에 도착하는 또 하나의 방법은 목표를 수정하는 것이다.

명함은
일을 하지 않는다

내 이름이 건너간다. 내 직장이 건너간다. 내 번호가 건너간다. 내 주소가 건너간다. 그러나 내 체온은 1도 건너가지 않는다. 명함의 치명적인 약점은 나를 건넬 수 없다는 것. 그것을 통해 내가 그 사람 속으로 들어갈 수 없다는 것.

시지프스는
끝이라는 말이
무슨 뜻인지 모른다

아주 멀리 있지만, 잘 보이지는 않지만 끝이 있는 일을 하고 있는가. 그럼 됐다.

손에 쥔 동전과
땅에 떨어진 동전의 질량은 같다

내 가치가 100원이면 땅에 떨어져도 100원이다. 땅에 떨어졌다고 얼굴 빨개지지 않는다면, 몸에 흙이 묻었다고 낙엽 아래에 숨지 않는다면, 나 스스로 나를 헐값에 내놓지 않는다면 땅바닥의 나는 여전히 100원이다. 곧 내 가치를 알아보는 눈이 그곳을 지나간다.

경찰 시험에서
뜀박질 일등을 한 사람은
직업을 도둑으로 바꿔도 좋다

뜀박질에 자신 있다면 쫓기는 직업도 나쁘지 않다. 뜀박질이 서툴러 자꾸 뒷덜미를 잡히는 도둑은 경찰로 이직하는 것을 진지하게 고민해야겠지.

그래 이제 평생직장 같은 건 없다.

남을 이기면 1승
나를 이기면 2승

나를 이기는 건, 나와 나를 붙잡고 씨름하는 내 경쟁자를 한 번에 훌쩍 뛰어넘는 것.

내 몸엔 백미러가 없고
나를 노리는 적은 내 등 뒤에 있다

살면서 내가 무리하게 추월한 사람이 몇이나 될까.

가장 좋은 제품은
사용설명서가 없는 제품이다

한두 번 사용하면 어떻게 써야 하는지 알 것 같은데, 사용설명서를 읽기 시작하면 도저히 접근할 수 없는 제품이 되고 만다. 그 깨알 같은 글자들이 나를 바보로 만들어 버린다. 사용설명서 사용법을 알려 주는 설명서가 하나 더 있어야 할 지경이다. 복잡한 설명이 따라가야 하는 제품이라면 그 제품 죽이고 새 제품 다시 만들어라. 그게 어렵다면 국어가 되는 신입사원 하나 새로 뽑든지. 부디. 제발.

죽을 만큼 버티면
죽는다

흔들릴 땐 흔들려라. 두려울 땐 두려워하라. 유리 멘탈임을 인정하라. 흔들리지도 두려워하지도 않는 강철 멘탈은 한순간 크게 무너진다. 흔들림과 두려움이 무너짐을 예방한다.

프로가 자존심을 팔면
포로가 된다

자본의 포로. 성공의 포로. 인기의 포로. 조급과 불안과 의심의 포로.

직업에는 세 종류가 있는데 그것은
해야 한다
할 수 있다
하고 싶다

누군가 해야 하는 일을 하면 자긍심을 높일 수 있다. 내 능력이 할 수 있는 일을 하면 성취감을 높일 수 있다. 내가 하고 싶은 일을 하면 그냥 좋다. 자긍심이 낮아도 좋고 성취감이 낮아도 좋다.

CEO에게 필요한 세 가지는 용기, 끈기, 포기

시작하는 용기. 밀고 가는 끈기. 내려놓는 포기. 안타까운 건 적지 않은 CEO가 포기 대신 오기를 집어넣으려 한다는 것.

고속도로에는
유턴 차선이 없다

일단 고속도로에 오르면 길을 잘못 들었음을 알고도 한동안 그 길을 달려야 한다. 방향을 바꾸려면 고속도로 밖으로 빠져나와야 한다. 속도 욕심이 오히려 속도를 붙잡는다. 미치면 놓친다. 속도에 미치면 방향을 놓치고, 결과에 미치면 사람을 놓친다.

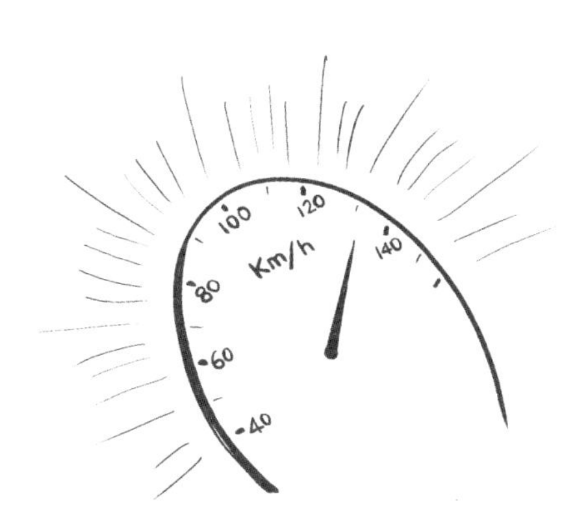

제1용기는
내 생각을 밝히는 것이고
제2용기는
나도 너랑 생각이
같다고 밝히는 것이다

세상은 '나는'과 '나도'가 함께 바꾼다.

포기하고 싶은 사람에게
용기를 주는 것도
폭력이다

넌 할 수 있어. 때로는 이 아름다운 말이 혀로 하는 구타일 수도 있다. 누가 어떤 위치에서 이 말을 하느냐에 따라.

꼴찌가 되는
가장 빠른 길은
중간에 서는 것이다

누가 중간이라는 어정쩡한 곳에 숨을까. 삼진이 두려워 풀스윙 하지 못하는 타자. 실패가 두려워 손쉬운 실험만 하는 과학자. 낙선이 두려워 시민 눈치만 보는 정치인. 그리고 모두가 달을 가리킬 때 나 홀로 별을 가리키다 황급히 달 쪽으로 손가락을 옮기는 나.

한반도에 사는 나는
북극이 남극보다 추울 거라 믿는다

고정관념이다. 북쪽이 추운 한반도가 내 머리에 심은 고정관념이다. 꽁꽁 얼어붙은 고정관념이 머리에 박히면 인생이 춥다. 북극보다 춥고 남극보다 춥다.

아픈 결과는 있어도
나쁜 결과는 없다

좋지 않은 결과에 아팠는가. 얼마나 아팠는가. 죽도록 아팠는가. 그럼 됐다. 그 일에 나를 다 사용한 것이니.

감추려 하는 구멍은
약점이 되지만
드러내놓고 보여 주는 구멍은
자신감이 된다

누구도 도넛을 보고 이렇게 묻지 않는다. 누가 내 빵에 구멍 뚫었어?

넥타이 끝은
지구를 향한다

능력을 인정받아 높은 자리에 오른다 해도 끝은 달라지지 않는다. 올라가기가 끝나면 내려가기가 시작될 것이고 결국 넥타이 풀고 지구에 묻힌다. 한번 넥타이를 맸으면 전무까지는 올라야지, 하며 아등바등 살 것 없다. 땅속에선 전무 명함이 할 수 있는 일이 전무하다.

끝은
아쉬운 말이 아니라
설레는 말이다

가을 끝에 첫눈이 있고, 사춘기 끝에 첫사랑이 있고, 백수 끝에 첫 출근이 있다. 모든 '끝'은 자신이 있었던 자리에 '첫'을 데려다 놓고 떠난다.

나는, 아직

나의 삶을 한 문장으로 요약할 수 있을까

그럴 수도 없고 그럴 필요도 없다. 그럴 때도 아니다. 나의 삶은 두근두근 진행 중이다. 내일 오후 또한 나의 삶인데 나는 나의 내일을 모른다. 그러니 죽는 날까지 나를 요약할 수 없다. 만약 나를 요약한 한 문장이 쓰인다면 그건 내가 죽은 후의 일일 것이다. 나 아닌 누군가가 글을 쓰고 문장 끝에 마침표까지 찍겠지. 이 책에 실린 한 문장 삼백스물한 개에는 마침표가 없다.
나의 관찰도, 나의 성취도, 나의 실패도 아직 끝나지 않았다.